삶의 기쁨들

도미니크 노게

이은민 옮김

東 文 選

삶의 기쁨들

Dominique Noguez

LES PLAISIRS DE LA VIE

시간은 우리에게 절대적 기쁨의
강렬함을 감소시킨다.
형이상학자들이 말하는 것처럼.
그러나 상대적 기쁨은 증대시키는 것 같다.
그리고 나는 객체들을 상실한 이후,
혹은 자연을 가장 기분 좋은 것으로
만든 기쁨들을 상실한 이후,
자연이 인간을 삶과 연결시킬 수 있었던 것이
이 책략 때문은 아닌지 의심해 본다.

샹포르

차 례

머리말

어조와 형태를 통해 일부러 다양성을 꾀한 이 텍스트에는 두 가지의 커다란 공통점이 있다. 우선 이 텍스트는 행복에 대해, 적어도 삶에 자극을 주는 것에 대해 말한다. 이를 통해 이 텍스트는 '새로운 모럴리스트'로서의 작가라는 개념을 드러낸다. '모럴리스트,' 이는 다시 말해 동시대인들의 삶의 방식에 관심을 갖는 자, 세상에 흥미로운 것은 더 이상 (거의) 아무것도 없다고 생각하는 자이다. '새롭다'는 것은 21세기초의 사람들이 17세기나 19세기 때처럼 모럴리스트가 아니기 때문에, 더 나아가 라 로슈푸코·라 브뤼예르·보브나르그·스탕달·드 퀸시나 레오파르디가 어떤 점에서건 불명예를 저지르지 않았고 오늘날에도 여전히 귀감이 되고 있기 때문이다. '새롭다'는 또 어쩌면 내가 여기에서 기꺼이 모럴리스트가 되고자 애썼다는 것을 암시하기 위함이다. 삐기지 않고 길게 이야기하면서 분석하라. 단호하게 표현하지 않고——어쨌든 가능한 한 적게.

두번째로 이 텍스트는 쓰여진 것으로 철학적 요구만큼이나 문학적 요구에서 생겨난 것이다. 따라서 나는 심사숙고

할 때에만, 다시 말해 손에 펜을 쥐고 있을 때에만 모럴리스트가 된다. 이 책에서 삶의 기쁨은 거의 다 언어의 기쁨이다.

크고 작은 행복들

"행복해지기 위해 사람들은 무엇을 기대하는가?" 전쟁이 일어나기 직전, 레이 방튀라와 그 악단은 이렇게 노래했다. 대답은 이렇다. 사람들은 행복이 불행만큼 흥미롭기를 기대한다. 불행에는 찬란함과 매우 매혹적이고 악마적인 강렬함이 있다. 거기에는 ──매저키즘을 제외하고는(그러나 이때 그것은 행복이 된다!)──자기 고유의 목적이 되지 않는, 늘 기다려야 할 뭔가(즉 행복)를 남겨두는 특별한 이점이 있다.

반면에 행복은 검은 구멍 속에서처럼 자기 자신 속으로 잠기고 녹아들고 사라진다. 그 완벽한 형태는 돌들의 행복, 무의식이다. 이런 조건에서 행복을 얻는 일에 무슨 이익이 있는가? 사람들은 전부를 가질 수는 있지만 더 이상 희망할 것은 아무것도 없을 것이다. 좋은 것은 희망하는 것, 다시 말해 꿈꾸는 것, 더 나아가 성공하기 위해 투쟁하는 것이다. 소유하기보다는 추구하는 것이다. 어떤 것에 다다르기보다는 그 출발점에, 혹은 도중에 있는 것이다. 도달하기보다는 기다리는 것이다.

"명예는 행복의 확실한 죽음이다."(드 스탈 부인) 사람들은 거의 모든 다른 재화들에 대해, 거의 모든 다른 가치들에 대해서도 이렇게 말할 수 있을 것이다. 이것들은 대용물이다. 인간은 행복을 소유하고 있지 않다는 이유 하나만으로 자신이 행복하지 않다는 사실을 잊으려고 할 때에만 위대하고 능동적이다. 그러므로 환상을 버리고 행복을 추구할 때에만, 마치 기욤 도랑주가 성공을 추구하듯이, 그러나 기다리면서 이 모든 화려한 대용물에 매달릴 때에만 그렇다.

이는 "까다롭게 굴지 맙시다, 탐미주의자인 척하지 맙시다"라는 뜻이다. 약간의 행복이 불행을 만들지는 않는다. (그러나 '약간의 행복'이란 말에 의미가 있는가? 행복은 단수로 총체성――전부 혹은 아무것도 없는 것――이 아닌가? 이 질문은 미정으로 남겨두자.) 약간의 행복 쪽으로 가라.

그러므로 완화된 진술――행복에 **거의 가까운 것**――에, 행복의 점근선(다시 말해 무한히 그것에 접근하는)에 말이다. 이 거의 가까운 행복은 삶의 '작은 행복들'(복수의)――혹은 커다란 행복들――로, 즉 삶을 견딜 수 있게 해주는 뜻밖의 강렬하고 짧은 이 행복들――짧은 만큼 더욱 강렬하고, 강렬한 만큼 더욱 짧은――로 이루어진다. 우리가 보내는 밤에 나타나는 빛, 번뜩이는 섬광들, 혹은 단순한 마른 번개들로 말이다.

개인과 집단의 문제는 이 거의 행복에 가까운 것에 머물러 있다. 저능 혹은 선동을 제외하고 우리는 이 둘을 완전하게 분리시킬 수 없다. 한편으로는 개인의 행복을 포함한 모든 것이 굴복해야 하는 집단의 행복, 사회의 보다 높은 이익이 가장 끔찍한 불행을 어쩔 수 없는 정당화로 지배하던 때는 끝났다. 개인의 행복이, 특히 하이퍼에고이즘의 사회가 된 '과도 자유(hyperlibérale)' 사회의 우월하고도 유일한 가치가 되는 기괴하고도 실질적인 상승도 추방해야 한다. 《지상의 양식(糧食)》의 지드가 동료인 나타나엘에게 이미 (거의 비슷하게) "가장 많은 수를 희생시켜서 얻는 행복이라면 어떠한 것도 수락하지 말라"고 말한 바와 같이 말이다. 불행한 인간이 남게 되는 이상, 각자의 행복은 완전해질 수 없을 것이다. 보리스 비앙이 "모든 이들의 행복은 각 개인의 행복으로 만들어진다"고 상기시키지 않았던가?

부드러움에 대한 찬사

상충되는 의미들·체계들·환상들에 사로잡혀 있는 마니교도적 두 어휘들은, 슬프게도 더 이상 거기에서 명확하게 볼 수 있는 일을 점점 더 불가능하게 만드는 어휘들에 그칠 뿐이다. 이 어휘들이 최근까지 문학 비평에서 재활용된 몇몇 이념위원회에서 비결 혹은 **사탄을 물리치는 도구**로 작용할 수 있었음에도 불구하고. 이제 와 이 어휘들을 재규정하면서 시간을 낭비하는 일은 부질없는 일이다. 명목론의 논란은, 예를 들면 미셸 울레벡에 대해 적어도 한순간 그들이 성공적으로 강요한 밀고와 문화적 수축 분위기를 유지시킬 뿐이다. 어떤 어휘들에 결부된 견해들이 시간이 흘러감에 따라 전반적으로 의미를 변화시키는 것처럼 말이다. (산업의 '진보'에 완전히 반대하는, 그리하여 우선 '반항적인 이들'로 분류된 환경학자들을 보라. 지금은 그들이 명백하게 '좌익'으로 구분되지만, 예전에는 그들 지도자 한 사람이 자본주의의 새 이름인 '시장'의 열렬한 선동자가 되기 전에는 결코 '합법적'이 될 수 없었다.) 보다 단순한 대립에 주의하는 것이 훨씬 더 가치 있다.

이 대립은 생각하는 이들, 적어도 그렇게 하려고 애쓰는 이들, 지배적인 경제(그리고 증권) 체제에 의해 발산되거나 묶이는 완성된 '사고들'에 매료당하는 이들 사이에 있다. 또 현실을 비판하는 이들, **다시금** 거기에 부역하는 이들, 현실이 불법으로 삼킨 것을 도로 내놓게 하기 위해(현실로 하여금 의미를 되돌려 놓도록 하기 위해) 지치지 않고 현실에 **이를 가는** 이들과, 필요한 경우 합법적인 혁명가들이나 과거의 반순응주의자들에게 기대는 이들 사이에 있다. 그러나 이는 딱딱해진 도그마가 된 동일한 낡은 위협들을 영원히 불평하기 위함이고, 새로운 심문과 가설·현실화를 피하기 위함이다. 사실 명예로운 단 한 가지 방법은 참조하지 않고 각 사물을 증거에 따라 직접 판단하는 것이다. 그것이 도그마에 일치하는지, '정확한지' 혹은 '부정확한지,' '정상인지' 혹은 '비정상인지,' '우익인지' 혹은 '좌익인지,' '진보적인지' 혹은 '반항적인지'를 자문하는 것이 아니라 각 사물이 의미하려는 바, 그것이 **의미하는** 바를 자문하면서 사물이 이 세계를 가장 잘 비추는지, 어떤 점에서 인류를 앞으로 나아가게 하는지를 자문하는 것이다.

그렇다. 단 하나의 명예로운 방법은, 명패들이 이 지점에서 부패되고 혼동될 때 사람들이 실증적인 것으로 고려하는 바, 사람들이 동시대인들에게 또 후손들에게 제의하고 싶어하는 바를 직접적으로 정확하게 기술하는 것이다. 이때——하느님·공자·마르크스 혹은 드보라——각자는 자신의 몫을 식별할 것이다!

그리고 대답하건대, 나로 말하자면 새로 만들어 내거나 보존해야 할 것, 혹은 버려야 할 것은 우선 유토피아의 능력, 다시 말해 사실에 대한, 사실적 상태에 대한 불복종——자유, 연극, 단지 꿈에서만이 아니라 거기에 도달하려는 끈질긴 의지로 더 나은 어떤 것을 상상할 수 있다——이다. 그 결과 어딘가에 있는 것처럼, 어쩌면 멀리 잠복 상태로 있는 것처럼, 그리고 이를 악물면서 언젠가는 거기에 도달하리라는, 또 그것이 구체화되고 위치가 분명해지며, **구체적인 장소(topie)**가 되게 하리라는 희망 속에서 지치지 않고 추구하게 되는 것만큼 **유토피아(utopie)**가 문자 그대로의 의미(다시 말해 존재하지 않는 것, 어느곳에도 존재하지 않는 것)는 아니다. 그러니, 이랴!

내 유토피아(그것에 관해 말하려고 하는 나는 산타클로스가 자신의 짐보따리를 비우는 것처럼 두렵다. 그러나 곁에 있는 순록들은 이미 발을 구르면서 **울고 있다**)에서, 사람들은 심각한 것과 덜 심각한 것을 발견할 것이다…….

……예를 들면 행복은 몇 사람을 위해서가 아닌 모두를 위한 것이다. **신체적인 것을 포함한** 행복은 다시 말해 아름다움을 제외하면 적어도 바람직함, 혹은 이 바람직함을 제외한다면 적어도 애무받을 권리이다. 사람들이 원하는 대로 유전학적 혹은 외과적 변형, 결혼 혹은 매춘을 취한다는 것(나는 이 불구의 낡은 용어로 하는 수 없이 성의 거대한 공공 서비스를 사회 보장에 의해 보조받고 환급받는 성욕이상(性慾異狀)을 지칭한다. 이 사회 보장은 21세기——혹은

20세기——의 쟁점이고 기쁨일 것이며, 나는 뒤에 가서 그것을 기릴 것이다)은 우리의 비참한 인간 형제자매들이 결국 다음 세기들에, 오르가슴이라는 행복의 이 기본 지식에 대한 권리를 실컷 누리지 못하게 되는 이유가 무엇인지를 여전히 모를 것이라는 바이다. 모두가 성적으로 자극적인 이들이 되거나 애무를 일으킬 수 있게 된다는 것은 평범함도, 단조로움도, 변덕스러움의 표시도 아니다. 행복의 이 다양화는 부와 다양성의 동의어일 수 있고, 기호(嗜好)와 성실성을 배제하지 않는다. 마찬가지로 만일 민주주의가 미완의 상태라 해도 민주주의가 반드시 정치인을 하찮게 만들지도, 국가를 불안정하게 만들지도 않았다.

　……그러나 예를 들면 가장 보잘것 없는 다른 열 가지 소망들 중에는 먼지의 제거도 있다. 그렇다, 당신은 먼지에 대해 많이 읽었다. 집안일이 더욱 많아진 것이다! 오염을 줄이시오, 거대한 거름망들을 치시오, 혹은 공중에 먼지 제거제를 뿌리시오. 그리고 나서 다시 미래의 인간이여, 당신이 원하는 대로 행동하시오, 행동하시오! 그러자 이렇게 닦기와 쓸기에 몰두된 시간은 클라리넷 연주에 사용될 수 있거나, 페탕크 놀이를 하거나, 프루스트 혹은 노자(老子)를 읽는 일에, 소형 글라이더를 날리거나 베샤멜 소스를 만드는 일에, 유도의 잡기 혹은 카마수트라의 열세번째 모습을 할 수 있을 것이나, 내게는 상관없다!

　이 이상적 흥분의 근저에는 겉보기엔 때때로 우스꽝스러운 **결함들과** 더불어 실제로는 매우 진지한 탐색이 또아리를 틀고 있다. 그것은 이 이름이 당연하게 어울리는 문명이 되어야 할 것, 혹은 더 나아가 객관적으로 그 문명으로 규정될 수 있어야 할 것——도덕면에서나 종교면에서나, 역사 속에서 뒤를 잇는 우연한 문화적 산물들에서나 이미 모습을 드러낸 것이건 아니건, 부분적인 상태로건 잠재적인 상태로건——이 과연 무엇인가 하는 탐색이다. 이로부터 위대한 척도들이 무엇보다도 먼저 규정될 것이다——엄청난 임무다!——첫눈에(다시 말해 체계의 단계에, 적어도 사람들이 스스로가 한 체계를 위험으로 몰고 갈 수 있다고 느끼는 단계에 들어서기를 기대하지 않으면서) 사람들은 내 견해에서 다음의 세 가지를 나열할 수 있을 것이다. 1) **사람들이 악으로 간주하는 것으로는 아무것도 하지 않는다는 사실이다. 특히 타인에게 어떤 방법으로도, 그리고 어떤 구실로도 말이다.** (이는 "내가 말하는 것을 하고, 내가 하는 것은 하지 말아라." "자유의 적에게는 자유를 주지 말라." "살인자 여러분이 시작한다." 혹은 법칙을 입증하는 예외의 유사 요법적이고 자살 경향의 다른 거행에 정면으로 위배되는 견해이다. 이때 이 예외를 통해 도덕적 진보는 역사에서 한결같이 제동을 받아 왔다. 그러나 이것은 정당 방위에 대한 질문이 혼란을 일으키게 될 견해이기도 하다. 이러한 견해들은 아마도 간디 같은 계열에서 추구하는 이상, 그것이 선동에 실패하지 않을 것이라는 논쟁에 최고의 지적 보급품들이 될 것이다.) 2) **자기 자신하고만 행동하라는 견해**(이는 아마도 앞서 말한 견해의 조건일 것이다. 그러나 여기에 똑같은 절대적 특성을 부여하기 위해 앞서 말한 견해의 모든 결과들을 오늘 내가 충분히 검증하지는 않았다)가 있다. 다시 말해 모순과 분리·정신분열증에 취약한 정신 구조들——이는 시니시 즘에, 위선 혹은 악의에 이로운 모든 내적인 분열들로 이 것들은 조화로운 사회 생활에 주된 장애물들이지만,[1] 아마 도 어떤 경우 정신병에서 벗어날 수 있게 하기도 한다(여 기에서 또다시 토론해야 할 것이다)——의 편의에 동의하지 않는다는 견해이다. **3) 그에 대한 논의 없이 타자의 에고를 위해 자신의 에고를 자발적으로 소멸시키는 것**(냉정함·자 기 통제·정중함·비폭력·헌신적인 사랑(아가페)·희생)이 **그 반대의 태도보다 우월하다는 견해가 있다.** 이때 부드러 움이 등장한다.

부드러움은 노래의 속성인 것처럼 피부의 속성이고, 포도 주나 물의 속성인 것처럼 사고의 속성이다. (조레스는 "부 드러운 사고만이 긴 여행을 할 수 있는 아름다운 사물이다" 라고 말했다.)[2] 가장 빈번한 것으로는 기질의 속성——경 청·말투·몸짓들——이 있는데, 약간 느슨한 리듬, 큰 말 썽 없이, 파선보다는 곡선을 선호하고(흔히 말하는 것처럼 '각'을 '둥글게'하고), 어떤 기분 좋은 무중력 상태를 인간 관계에 도입하는 방식으로 구별할 수 있다.

부드러움은 감동적인 언행이 아니고, (종교적 위선의 아양 떠는 태도, 달콤한 태도를 규정하기 위해 교언영색의 태도로 말한다는 의미에서) 교언영색은 더욱 아니다. 종교적이건 세속적이건 부드러움은 늘 단순하고, 이 부드러움에는 유일한 지지자인 어떠한 속셈도 배경도 없으며, 거짓말이 교묘히 끼어들 수 있는 최소의 여지도 없다.

부드러움은 주어진 것이 아니다. (혹은 은총이다.) 그것은 획득되고 정복된다. 촌스러움과 무뚝뚝함·뻣뻣함을 상대로. 흥분·거칢을 상대로. 우리 안에서 동물적 격렬함을 지닌 모든 것을 상대로. 폭력, 가장 나쁜 인간성을 지칭하는 이 귀엽고 부드러운 말은 인간으로 하여금 신이 되지 못하게 하는 바로 그것이다. 분명 제우스는 천지를 울리고 공격한다. (적어도 그는 폭력을 쓰지 않고 유혹한다.) 여호와도 마찬가지이다. (여자들을 유혹할 때를 제외하면 여호와는 매우 수줍어한다.) 그러나 이것은 매우 단순하다. 그들은 존재하지 않는다. 아니, 만일 이 신들이 존재했다면 그들은 분명 부드러웠을 것이다.

부드러움은 어떤 온도와 연관되어 뜨거움과 차가움 사이 ──이 중간 온도──에 있다. 그리고 이 온도로 인해 사람들은 더 이상 자신과 세계, 자신과 타자들 사이의 거리를 간파하지 못한다. 이 온도는 세계(와 그 안의 자신, 타인들과 더불어)가 **서로 이어지도록** 한다. 부드러움은 내재적이다. 그것은 내재성 자체이다. 그것은 조화의 기상 조건이다.

사실 약간 영웅적이긴 해도 부드러움은 인간적이다. 내가 말한 것처럼 그것은 몇 가지 노력을 기울임으로써 (거의) 모든 이들이 접근할 수 있는 드문 가치들 가운데 하나이다. 그것은 친절과 건강함의 **어쩔 수 없는** 예비 형태이고, 속세적이며 완화된 형태이다. 어쩔 수 없다. 그러나 그것은 멋진, 부득이한 해결책이다. 보편화된 이것은 인간성을 낙원의 대기실로 만들 것이다.

기다리면서 이 부드러움은 다소 우리에게 달려 있는 어떤 결함이 있는 형태로, 그러면서도 다양한 형태로 우리 범주 안에 있다. 우선 거기에는 시간의 부드러움이 있다. 그것은 5월과 9월에 관찰된다. 그것은 몇 번 때이르게(혹은 후에) 나타나는 여름의 기적이다. 대기의 확실한 너그러움인 것이다. 오른쪽 이웃과 왼쪽 이웃 사이를, 심지어 오른팔과 왼팔 사이를, 오른쪽 심방과 왼쪽 심실 사이를 지나는 가벼움이다. 분자와 신경의 가장 최적의 장소에서, 도처에서 일종의 존재의 가벼움은 전세계를 보다 젊게 만든다. 그것은 하나의 공모로, 가장 아름다운 청춘은 처음으로 꿈틀거리는 달팽이처럼 건물 정면에서 나온다. 그것은 조작된 음모, 아니 여름이다. **있**다라는 표현에서 나오는 여름, **봄**이라는 표현에서 나오는 여름이다.

보다 일반적이고 추상적으로는 탈레랑의 유명한 구절에서처럼 역시 삶의 부드러움이 있다. "혁명 이전에 살았던 이는 삶의 부드러움을 맛보지 못했다." 이 구절은 단번에 이탈리아 영화사와 일반 영화사의 가장 아름다운 영화들 가운데 두 작품, 베르톨루치의 《혁명 전야》와 펠리니의 《달콤한 인생》에 제목을 붙였다. 삶의 부드러움은 나중이 되어서야 비로소 드러난다. 그것은 기억의 체로 걸러진 삶,

'기분 좋은 후회'에 의해 여과된 삶(보들레르), 망각에 의해 그 부당함과 그 스캔들, 그 가혹함, 그 오점들로부터 해방되는 삶이다.

피부의 부드러움이라고? 당신들이 선호하는 소설가들에게서 그것을 보라——그들이 착하기를 희망하면서. (사실 젊든 나이들었든 탄력 있는 부드러운 우윳빛 피부, 혹은 그저 매끈거리는 쪽을 묘사하기란 어렵다.) 혹은 더 좋은 일은 당신 주변을 탐색하는 것이다——그리고 실제적인 일에 착수하라!

마지막으로 부드러운 음성과 부드러운 어휘들이 있다. 프랑스어의 다정한 말들 가운데 가장 온화한 어휘들로 끝을 맺도록 하자. 끝마치다, 파에나, 장엄하게, 꽃박하, 비추다, 거울, 수많은 금빛 새들, 향로, 향, 느끼다, 사이렌, 꽃장식의, 꽃이 피다, 요정의 나라, 고독, 요정, 실렙스, 도망치다, 저녁, 비단, 부드럽게, 한숨쉬다, 미소짓다, 죽다로.

(그래도 온 세계가 부드러웠다면 그것은 견딜 수 없는 것, 짜증스러운 것이 되지는 않았을까? 마치 우유처럼, 우유로 된 바다처럼. 아마 그럴지도 모른다. 이 질문은 그때가 오면 제기될 것이다. 지금은 그때가 아니다!)

한가로운 실업에 대하여

비방문 같은 것——팜플렛, '온건한 주장' 등——을 작가들은 더 이상 충분히 실천하지 않는다. 그러나 그것은 즐거운 일이다. 그것은 이들 대리인들이 현재 속에 영원히 새겨지기 위해 지녀야 할 태도이다. 그것은 사실 전문가들·정치인들, 거드름 피우는 자들의 태도보다 더 생생하고 더 신속한 더 기분 좋은, 그러나 덜 단호하고 덜 전문적인, 하지만 진지함이 부족하지 않은 태도이다. 상황에 대한 글들을 말하는가? 그렇다. 그러나 이 글들에는 오래 지속될 수 있는 기회들이 있다.

예전에 장 클레르(《페니실린 & 그림 그리는 행위와 그 의미의 동시적 창출에 대하여》), 장 필리프 도멕(《사회적 형이상학에 대한 짧은 개론》) 혹은 레지 드브레이(《한 마디 더, 소중한 베레》)처럼 르노 카뮈는 우리에게 이 분명한 에세이들 가운데 하나를 제공한다. 제목——《고용 문제가 없다면》[3]——때문에 일상의 자유로운 논단 같은 것이라고 여기게 된다. 아마 시작은 그런 식이지만 모럴리스트의 개론으로 끝이 난다. 사람들은 《이 시대의 방식들에 대한 해석》

(POL, 1985)이나 《고독의 미학》(POL, 1990)을 쓴 저자의 입장에 대해 거의 놀라지 않을 것이다. 그는 17세기에 흔히 말했던 것처럼 신사 같은 사람이다. 다미앵 미통은 1680년에 이렇게 썼다. "이 신사는 심한 은둔 생활을 하고 대낮을 좋아하지 않는다. (…) 사람들이 위대함·권위·재산·부라고 부르는 이 모든 것이 그에게는 전혀 즐겁지 않다. 이로 인해 그는 기쁨과 고통을 철저히 뒤섞는다. (…) (그는) 기분 좋은 공정하고 합당한 어떤 것도, 모든 이들이 행복해지기 위해 하는 어떤 것도 말하거나 행하지 않는다." 또한 "그는 신중하고 온건하며, 전혀 중요한 사람인 체하지 않는다. (…) 그는 모든 것을 알고자 하지만 어떠한 지식에 대해서도 전혀 뽐내지 않는다."

이러한 정의 속에서 미심쩍고 유머러스한, 한결같이 활기차고 유쾌한 글쓰기의 어떤 것, 여기에서 뛰어난 작가를 구별하는 어떤 것이 설명된다. 국립행정학교(ENA) 출신의 고급 관료, 어떤 방송 매체의 '리포터'는 감히 이렇게 쓸 것이다. "거기에서 나는 안타깝게도 내게 진정한 해결책이 없다는 것을 분명히 인정해야 한다. (…) 내가 25번째 지대의 경제학자인가?" 혹은 "일자리를 잃는다는 것이 **수치스러운** 일이라는 것을 빼고는 천국에 대한 사랑을 누구에게 믿게 할 수 있는가? 좋다. 겉으로는 세상 모든 사람들의 생각을 인정하자."

사람들은 이러한 부분들로 이 책의 논거를 추측한다. 즉 문제는 일자리가 아니라 수입인 것이다. 고용은 생계 유지의 한 방식에 다름 아니다. 가장 좋은 것, 그리고 더 나은 것이 희박해지고 있다는 것은 확실치 않다. 최저 생활비는 점점 더 직장 외부에서 얻어질 수 있다. 실업 수당과 가족 수당, 추가 수입, 증권, 연수, 복권 당첨, 연금, 투자 수익, 그리고 저축 수익 등처럼 말이다. 그것에 애석해하지 않고, 이 '역사적 기회'를 자축해야 할 것이다. 그것이 중요하고 유일한 것인 시간을 그럭저럭 가져오기 때문이다. 만개하기 위한 시간, 자기 자신이 되는 시간──자발적 존재, 시민 존재──스스로의 교양을 쌓을 시간 말이다. 카뮈가 유쾌하게 말하는 것처럼 문화가 진정으로 '시간의 소중함에 대한 명백한 인식,' 시간을 잘 활용하는 기술, '시간을 가꾸는 일'이라는 것이 사실이라면 말이다. 간단히 말해 "소비에 필요한 물질적 재화의 생산은 앞으로는 점점 적게 늘어나는 사람수의 점점 더 수월해지는 노동에 의해, 그리고 점점 더 단축된 노동에 의해 보장될 것이다. 그러므로 이 때부터 노동과 노동에 대한 강박 관념은 분명 그릇된 위치를 상실하게 된다. 현재 노동과 노동에 대한 강박 관념이 몰두와 어휘 속에서 그 위치를 차지하고 있기는 해도 말이다. 현재 실존의 중심에 모습을 드러내는 것은 여가이다."'자유의 동의어' 말이다.

거기에서 르노 카뮈는 장엄하게 결합한다.《마땅한 한가로움》의 이론가인 키케로와《인생의 짧음에 대하여》의 세네카학파와 함께 말이다. 여기에서 쓸데없다는 이유로 그들 자신으로부터 버림받는 모든 이들이 비난을 받는데, 늙은 투라니우스 같은 이가 그 속에 포함된다. 이때 칼리굴라에 의해 은거 생활을 하던 늙은 투라니우스는 사람들이 그의 일거리를 되돌려 줄 때까지 상복 차림이었다. "그렇다면 바쁜 와중에 죽음을 맞이하는 일이 즐거운 것인가?" 이 철학자는 이렇게 빈정댔다. 선거에 나선 후보자들이 우리에게 가장 뛰어난 사람이 누구인가를, 그리고 어떻게 그들이 우리에게 가장 **몰두할** 것인가를 설명하는 것을 들으면서, 우리는 르노 카뮈 덕분에 '일거리 없는 상태'가 핸디캡이 아니라 (마치 오늘날 실업자를 의미하는 이탈리아어의 **디조쿠파토**(disoccupato)처럼) 행복을 지칭했던 때――그리고 이 시기는 되돌아올 수 있을 것이다――임을 기억하게 된다.

살아가면서 느끼는 10가지 기쁨

평소에 익숙한, 혹은 안타깝게도 상상 속에서 내가 가장 좋아하는 10가지 기쁨은 이런 것들이다.

1) 내면의 기록들을 읽기.

2) 여름날 화창한 오후에 마른이나 욘 강을 따라 자전거 타기.

3) 다정한 친구와 버섯 오믈렛을 곁들여 1975년산 샤토 페트뤼스 한 병을 마시기. 나중에 한 병 더, 그리고 또 한 병을 더 추가할 수 있다는 사실을 알면서.

4) 사전을 찾지 않고도 세네카와 스위프트 혹은 레오파르디를 이해하기.

5) 고작 10개의 단어로 이루어진 아름다운 한 구절의 말로 10개월의 고통이나 10년의 연구를 담아내기.

6) 막스 오퓔스의 《기쁨》을 29번 보고, 거기에서 새로운 30가지를 발견하기.

7) 침대에서 젊고 아름다운 이와 함께 천상과의 이중 접속으로 일컬어지는 표정을 짓기.

8) 일본어로 단조롭게 말하기.

9) 8월, 로마의 카라칼라 온천장에서 담배를 문 채 매우 뛰어난 《투란도트》 관람하기. 그리고 나서 시원한 곳에서 밤참을 먹기.

10) 가장 위대한 프랑스 시인인 라 퐁텐의 우화 20편을 딱 한 번 읽기. 그리고 그 내용을 그 즉시 진정으로 간파하기.

난처한 일에 대한 찬사

당신은 오늘날 우리의 이익을 바라는 모든 이들——금융인들, 기업가들, 슈퍼마켓이나 운송 회사들의 관리자들, 미디어에 종사하는 이들——의 유형이 '단체 여행'이라는 것을 알아챘는가? 다시 말해 고정된 것이다. 핀을 꽂는 나비에 대해, 색채를 엉기게 하는 사진에 대해, 혹은 전염병을 찾아내기 위해 일으키는 종양에 대해 말하는 것처럼 말이다. (이 전염병은 자유로운 존재이다!) 우리들 각자를 주어진 한 장소와 주어진 순간에, 가능하다면 주어진 **매순간들에 고정**시켜야 한다. 꼭 힘을 사용하지 않고서도 우리가 우리의 운명을 수락토록 하기 위해 하찮은 것들과 가루 같은 것으로 충분히 연막을 치면서 말이다. 강요된 예약, 정기 구독 신청 혹은 매달 내야 하는 세금들, 수 년 동안 당신을 결박하는 차용금, 미리 비용을 지불해야 하는 납골소, 모든 것이 삶의 이 거대한 **포르말 처리**에 이롭다.

반대로 사람들은 그렇게 하지 않음으로써 강렬한 기쁨을 경험할 수 있으리라 추측한다. 모든 수단을 써서 제동을 걸거나 급발진하는 것, 몰래 도망치거나 움직이는 기차에 올

라타는 것, 아무것도 정기 구독하지 않는 것, 휴대 전화이 든 아니든 어떤 전화도 소유하지 않는 것, 동시에 모든 것을 충실히 지불하는 것, 상인들로부터 아무 **증정품도** 기대하지 않는 것, 첫번째 무료 콘서트에 처음 불이 켜질 때 서둘러 가지 않는 것, 눈이 올 때 혹은 우박이 내릴 때 나가는 것, 다른 사람들이 돌아올 때 바캉스를 떠나는 것. (태양에 대해서는 어쩔 수 없다!) 때때로 어려움이 있지만 거기에는 결정적으로 우리를 기다리는 그곳에 우리가 있지 않을 수 있다는, 그리고 우리를 기다리지 않을 때 거기에 있을 수 있다는 유일한 기쁨이 있다.

그러니 '단체 여행들'을 해보자. 가장 흔하게 이루어지는 '단체 조직'은 용감한 퇴직자들을 지구의 가장 외진 장소들로 50명 혹은 1백 명씩 무리지어 쫓아보내는 것인데, 이는 그곳엔 결코 비가 오지 않고, 어린 하인을 위시하여 누릴 수 있는 건 빵 한 입이 전부이기 때문에, 앞에서 말한 용감한 퇴직자들과 현지인들 사이에 어떤 진정한 계약도 없기 때문에, 그리하여 결국 '여행자들'이 주도권을 잃고 어떤 무례한 호기심도 지니지 않기 때문이다.

게다가 사람들은 더 이상 '여행자들'이 아니라 '관광객들'이라고 말한다. 스탕달의 아름다운 의미에서가 아니라 대중적 관광이라는 의미로 말이다. 이는 '여행'을 건전지 넣은 암탉——셀로판을 기다리는, 꼼짝 않고 창백한 왜소한 것들의 흉측한 비실존으로 축소된 암탉——이 마음대로 증가 생산되는 것쯤으로 여긴다. 한쪽은 다른 한쪽의 가짜 민주주의적 특성이다. 사실 '관광'과 '여행' 사이에는 합성 모직과 순모의 차이, 헬스 클럽의 러닝 머신을 뛰는 것과 들판 달리기의 차이, 소위 보편적인 **엉터리 영어**와 하나 혹은 여러 개의 외국어를 진정으로 습득하는 것의 차이, 또는 그렇지 않다면 이 언어들을 완벽하게 알고 있는 통역의 차이 같은 것이 있다.

유감스러운 것은 (몽테뉴가 말한 것처럼 우리가 '바람 부는 대로' 몸을 맡기면서, 그리고 즉흥적으로 행동하면서도 분명 여행을 잘 할 수 있다 하더라도) 그 여행을 '짠다'는 견해가 아니라 진부하고 표지가 설치된 장소, 신화적(롤랑 바르트에게서처럼 위대하고 아름다운 신화적 의미보다는 신비화의 의미에서 그렇다) 장소들을 떼지어 돌아다니는 '대중 여행'으로 보는 견해이다.

'적은 비용'으로는 그것이 유일한 해결책이라고 흔히 말할 것이다. 그러나 진정으로 선택할 수 있었던 몇몇 장소들에서라면 당연히 할 수 있을 것을 도처에서 제대로 행하지 않는 것이 '해결책'인가? 마찬가지로 사람들이 경험하고 즐기는 법을 배워 온 두세 나라의 특별 요리를 이따금씩 그 지역 거주자의 집에서, 혹은 커다란 식당에서 발견하게 되는 것보다 지구 도처에서 늘 똑같은, 형편없는 햄버거를 먹으러 달려가는 것이 무슨 소용인가? 가슴 아픈 사실은 질적으로 풍부한 것을 추구하는 일보다, 선택의 경험보다도 적은 분량과 대량 생산에 대한 열광이 선호된다는 점이다. 더 이상 선택하기를 원치──그렇게 할 수도 없다——않는 것, 이 역시 선택이다. 그러나 그것은 사소한 것, 피상적인 것, 대용물을 선택하는 것이다. 《지상의 양식》과 마음대로 할 수 있다는 견해, 방황에 대한 견해, 지속적인 발견의 견해? 그러나 지드에게 있어서 소박함의 거의 금욕적인 취향, 강렬한 경험의 추구가 수반된다. 일종의 수준 높은 방랑인 것이다. 대중 관광에서의 강요된 일들과는 반대이다.

게다가 강요된 일들 가운데 대중 관광에는 다음과 같은 또 다른 특징이 있다. 획일적이라는 점이다. 사람들은 그 관광에서 자신들이 지나온 지역들을 매우 보잘것 없이 생각하여 허술하고 누추한 옷차림, 짧은 옷차림, 셔츠 차림, 팬츠 차림을 한다. 마치 제 옷을 더럽히지 않기 위해서인 양, 그 주변과 현지인들이 호흡하는, 떠도는 경멸을 드러내기 위함인 양 말이다. 예전에 사람들이 미지인들을 만날 채비를 할 때, 그들은 가장 좋은 옷을 차려입곤 했다. 그러나 오늘날 그들은 그렇지 않다. 내가 무슨 말을 하고 있는가? 오히려 전혀 신경쓰지 않는다! 호기심에 대해서도 마찬가지이다. 호기심도 유니폼을 입고 있다. 그들은 가이드에게 쫓기거나, 더 나쁘게는 한꺼번에 일반적이지 않은 취향, 즉 도자기나 소형 오토바이 박물관, 오래 된 돌들과 **그림 같은** 경치들에 대한 취향과 다른 모든 것에 대한 엄청난 맹목성을 드러낸다. 그렇다면 다른 이들의 집에서 역시 교태를 부린다던가 할 일 없이 왔다갔다하며, 사람들과 어울리고, 타인을 존경하며, 또 타인에 대해 호기심을 갖는 일, 흔히 사람들이 각자의 집에서 보내는 일상 생활의 수많은 현실에 대해 아마추어로 있는 일이 초인적인 것인가? 고구마밭에 있는 벌레의 무리를 이루는 한 요소로서가 아니라 집을 방문한 친구 혹은 사촌으로서 말이다. 아니면 이제 막정착하여 가능한 한 가장 조화롭게 그곳에 편입하기를 갈구하는 동네의 새 주민 정도로 말이다.

우리는 시간이 없다고 말하지만, '투어 오퍼레이터'는 그것을 예견하지 않았다. 우선 나를 즐겁게 해주시오. 오히려 '여행업자'를 말해 보시오. 그는 당신의 기괴한 말(이것은 영국적 표현을 모방한 것에 불과하다)로 인해 이해할 수 없는 바를 즉각적으로 **명백히** 포착하게 해준다. 여행업자는 여행에 있어서 오두막지기의 오두막에 대한 입장, 미용사의 얼굴에 대한 입장, 풍경화가의 풍경에 대한 입장과 같은 입장이다. 다시 말해 그는 가능한 한 가장 좋은 것을 차지한다고 여겨진다. 늘 그런가? 그것이 중요한 문제는 아니다. 어쨌든 짐꾼들과, 풍경화가들과 있을 때 그렇게 하듯이 사람들이 여행업자들과 행동할 수 있기 때문이다. 다시 말해 사람들은 그들이 익숙해 있는 것과 반대로 행동하도록 그들의 자질을 이용할 수 있기 때문이다. 또한 사람들이 그들로 하여금 변경되도록 할 수 있기 때문이다. 어쨌든 예술, 그리고 심지어 연애의 경우를 포함하여 **전환**의 미덕을 믿자. 그러므로 충고는 이것이다. 여행업자들과 상의하자. 가장 비싼 표를 찾아내기 위해, 혹은 불가피한 이런저런 예약을 하기 위해 그들의 수완을 이용하자. 그러나 결국 그

자리에서는 머릿속으로만 그렇게 하자. 그들의 정보망과 그들의 계획된 기습, 그들의 역겨운 지름길을 해체하자. 지름길이 아니라 시간이 더 많이 걸리는 길을 택하자! '계획되지 않는' 여행들을 하자! 더 이상 여행을 하지 말자. **여행하지 맙시다**!

이 사악하고도 성장을 가로막는 합리화와 더불어 그들이 규격화한 길게 늘어선 모조 진주들처럼 서둘러 나열하는 그 모든 공항들과 미술관들, 가벼운 여행들, 메뉴들, 호텔 객실들, 이 '조직자들'은 세계화의, 다시 말해 보편적 비극의 가장 강력한 요원들이다. 사실 지상 전체가 똑같이 거대한 디즈니랜드를 닮게 된다면, 우리가 여행에서 갖는 즐거움이란 무엇일까? (이미 1999년 라스베이거스에 모조 에펠탑과 모조 파리 오페라가 세워진 것을 보라!) 반대로 다양성 만세, 놀라움 만세, 여러 언어들과 문화들의 무지개 만세, 이 세계의 영롱한 광채 만세!

이제 공간에서의 여행들 가운데 진정한 것은 한 해의 연대기적 조직인 시간에서의 여행이기도 하다. 그것은——늘 그랬지만 필립 머리가 잘 분석한 바와 같이 오늘날에는 점점 더 방대하게 그러하다——끔찍한 사회적 압력의 경우이다. 단지 평일과 공휴일 사이의 분담에서만이 아니라, 각자가 매달·평일 혹은 휴일의 매순간에 **경험해야 하는** 문화적·오락적 혹은 시장의 이익 유형에서도 그렇다. 중세 사람들은 어떤 수호 성인에 대한 경의를 표하기 위해 일을 쉬었고, 성모 마리아의 출생이나 예수의 죽음, 적어도 어떤 영적 고양이 일어나는 경우들을 기렸다. 오늘날 새로운 교회는 여느 축제보다 놀랄 만한, 그리고 보다 쓴 콜린 성분의 성대한 많은 축제들을 우리를 위해 끊임없이 선택하는 것 같다. 그 수호 성인은 돈이고, 귀가 멍멍해지도록 점점 더 커지는 차임벨이며 미디어이다. (그 판자틀의 가장 거친 이미지는 오늘날 운동화 혹은 패스트 푸드 광고이다.) 집중적인 광고가 이루어진 지 2년이 채 되지 않는 동안 호박 상인들 혹은 마녀 가면을 파는 상인들, 할로윈의 미국적 의식의 가장 큰 공적에 대한 프랑스 내 최근 과세가 그러한 깜짝 놀랄 만한 사례이다. 그러나 가장 이타적 핑계들, 게다가 가장 사려 깊은 핑계들이 단순한 탐욕을 대신하게 된다. 이 일이 이루어지는 동안 어머니들의 페탱 축제가 지루하게 대물림되는 가운데, 거의 아무것도 예상치 못한 사람들은 곧 사촌들의 축제, 장애인들의 날, 넥타이와 벨트의 달, 정원 난쟁이들의 국제 비엔날레, 맹인들의 밤, 매맞는 여자들의 대행진, 갈증의 유럽인의 날을 경축해야 함을 기대하게 된다. 어쩌면 바보짓의 세계적 날을 기대하면서.

이러한 것들을 막지 못한다면 차라리 이 지침들의 받침대를 빼앗자. (나는 상상 속에 있는 것이 아닌 지침, 즉 텔레톤·할로윈 혹은 발렌티누스 성인을 말한다.) 일반적인 모순과 역행 속에서 그렇게 하자. 8월 내내 우리에게서 영화의 열정들을 발견하자. 어머니의 축제일에 결별하자. 프랑스 일주를 하는 순간 아프리카로 떠나자. 새 보졸레산 포도주를 마시는 저녁에는 비시의 물만 마시자. 금방 사라지고 마는 엄청난 양의 신조어들을 실은 프티 라루스의 연간 출판물이 나오자마자 비용이나 라신의 어휘들만 쓰자. 칸 영화제가 개최될 때에는 한 편의 영화도 보지 말자. 세계의 마지막 날에는 몽블랑을 등반하자, 더욱더! 실베스테르 성인의 저녁에 모든 바보들이 샹젤리제에서 서로 껴안고, 작은 술병을 입에 대고 마시는 동안 집을 나서지 말자.

내가 고른 10개의 풍경들

내가 가장 좋아하는 풍경들은 나로 하여금 아무 때나 혹은 거의 하나같이 외출하도록 만드는 것들일까? 그렇다면 파리 도처의 풍경이다. 특히 내가 특별히 좋아하는 누군가의 집에서, 그의 집 지붕에서 오텔디외와 노트르담을 정면으로 바라볼 때의 풍경이다. 첫번째 눈보라를 맞이하는 몬트리올의 셔브룩 가이다. 보르게세 공원 꼭대기에서 보는 로마이다. 브뤼셀 부르스 근처의 팔스타프 카페이다. 타른의 협곡(이것은 유년의 기억이다)이다. 여름날 생 장 피에드 포르의 바스크 지방이다. 파리에서 기차로 도착할 때의 정든 도시 루앙으로 이 도시는 밝은 센 계곡에서 갑자기 모습을 드러낸다. 밤이면 도시의 모든 조명과 그 누추함으로 반짝이는 뉴욕 42번가이다. 스페인 포도주가 넘쳐흐르는 세비야의 밤, 그 생기 넘치는 거리들이다. 그리고 내가 체류했을 때 보았던 구요야마 궁의 모습이다. 나는 거기에서 수직적 화려함, 구릉으로 둘러싸인 극도의 화려함 속에 있던 일본 식민지의 옛 자산 교토를 본다. 그렇다. 이것들은 특히 도시들이다. 나는 어쩔 수 없이 도시인이다!

비획일성

21세기가 막 시작된 이 즈음에 인류를 위협하는 가장 무서운 질병은 우리가 결국에는 이기게 될 에이즈도, 여전히 많은 병을 일으킬 것이지만 줄이는 법을 습득하게 될 오염도 아니다. 그것은 획일성이다. "권태는 어느 날 획일성에서 태어난다"라고 근대화의 지지자인 우다르 드 라 모트는 1719년 자신의 《우화들》에서 썼다. 획일성이 이 세계를 이길 경우 권태가 많은 닮은꼴들, 즉 문화적 후퇴, 변증법적 과정과 변화의 희망 그 자체의 종말, 그리고 다소 긴 기간의 죽음 같은 것들을 일으킬 것이라는 점을 제외하고는 그의 말이 옳았다.

두 유형의 힘들이 오늘날 지구의 이 균등화에 안간힘을 쓰며 매달린다. 미국의 다국적 기업 자본가들——사회적 이유에서가 아니라면(이 자본가들은 유럽인이나 일본인일 수 있다), 적어도 그들이 강제로 부과하는 대중 '문화' 모델들에 있어서 그들은 미국적이다——과 종교적 광신주의(지금으로서는 주로 이슬람교로, 이것은 개혁 반대론자들이 부여하는 타락한 진술에서 나타난다)가 그것이다. 달리 표현하자면, 코카콜라와 아야톨라〔시아파 이슬람교의 지도자〕들이다. 한쪽은 압축 롤러처럼, 다른 한쪽은 화재처럼 나아간다. 한쪽은 텔레비전과 디스크에 의해 이루어지고, 다른 한쪽은 기도 시간을 알리는 승려들과 귓속말에 의한다. 그러나 이들은 겉으로만 적대적이다. 오늘날 남자들이 집으로 돌아가 **메이드 인 타이완**의 잘 팔리는 최신 유행 란제리로 몸을 감싸고 있는 아내들이, 더빙되지 않은 텔레비전 프로 〈운명의 수레바퀴〉나 **댈러스**를 그대로 따라하면서 남편들에게 내놓을 **햄버거**와 **콘플레이크**를 먹기 전에, 나이키나 아디다스 운동화를 신고 기도하러 가고, 닌텐도의 두 게임 사이에 살만 루시디의 초상화를 불사르게 될 세계를 꿈꾸는 일――이미 부분적으로 이런 세계는 존재한다――은 가능하다.

이 획일성은 일반화된 기성복의 획일성으로 의복과 경제에서만이 아니라 이데올로기에서도 그러하다. 즉 **미흡한** 다국적 언어-문화라는 기성복(동양인의 엉터리 영어와 패스트 푸드)과 **미흡한** 분파간의 종교라는 기성복(환상과 미신, 점성술과 귀신 나오는 집 등등)인 것이다.

이 후퇴의 작업, 사고력 상실의 작업은 공간과 시간이라는 이중적 수평화에 의해 이루어진다. 공간적으로 그것은 소위 '세계화'라는 이름으로 이루어지는 국가적 다양성의 파괴이다. 시간적으로 그것은 '진보'라는 이름으로 이루어지는 문화적 건망증의 구성이다.

우선 공간면에서 살펴보자. 획일화된 시장을 막는 진정한 걸림돌을 모든 가능한 수단을 동원하여 제거해야 한다. 그것은 국가들을 말하는데, 이 용어의 비종교적이고 민주적인 의미로 볼 때 주어진 공간에 공통된 언어와 문화에 의해 다시 모여든, 다양한 출신지에서 온 개인들을 거대하게 재편성한다. 이 국가들은 민족주의와 부족 사회를 막는 최고의 성벽이다. (심지어 '공동체주의'라는 이름이 다시 붙었다.) 예를 들어 레바논이나 구유고슬라비아가 20세기말 우리가 목격한 끔찍한 광경을 연출했던 것은, 그 구성원 전체의 실존과 표현의 자유를 확장시키는 진정한 국가로 융합될 수 없었기 때문이다. 그러나 국가들은 동시에 차이점[4]·뉘앙스·복합성의 원천이다. 이 복합성은 인류의 풍요 자체를 이루고, 그렇기 때문에 똑같은 상품들, 똑같은 먹거리, 똑같은 자동차들, 똑같은 영화들을 도처에 팔고자 하는 다국적 기업들에게는 그만큼 복잡하다. 이러한 걸림돌을 밀어내기 위해 다국적 기업들은 여러 국가들이 아무 방어책도 없이 진정한 붕괴 과정에 굴복하게 될(이는 위의 음식물들이 용해되는 과정과 비견될 만하다!), 혹은 이보다 더 유명한 다른 이미지에 따르면 '자유로운' 여우가 '자유로운' 암탉들을 '거리낌없이' 모조리 잡아먹을 수 있게 되는 거대한 '자유로운' 닭장을 구축할, 자유-교환이라는 거대한 지대 형성에 박차를 가한다. 그렇지 않으면 다국적 기업들과 그 대리점들은 국가의 권위를 떨어뜨릴 시도를 할 수 있을 것이다. 국가와 민족주의(정반대 개념임을 반복하자)를 혼동하는 척하면서, 혹은 소위 '역사적 의미'나 그들을 소멸시킬지도 모른다는 '경제적 숙명성'을 환기시키면서 말이다.

　이러한 조작이 시간의 측면에서도 이루어지기 때문이다. 그들은 적어도 계몽주의 시대 이후 역사에 진보가 있었고, 이 진보가 돌이킬 수 없는 움직임, 즉 법을 구축했다고 믿어 왔거나 우리로 하여금 그렇게 믿도록 하려고 했다. 아마도 과학적 지식에 있어서는 사실이지만 오로지 그 분야에서만 그렇다. 다른 나머지, 특히 윤리와 정치 분야에서 역사가 알고 있는 유일한 법은 슬프게도 최악의 유혹, 후퇴의 힘으로 이것은 고무줄처럼 인간 공동체를 형편없는 초기 시절로 다시 데려간다. 결정적으로 아무것도 주어지지 않았고 획득되지도 않았다. 세대마다 다시 시작하는 것이 고작이다. 게다가 한 세대에 여러 차례 시작하기도 한다. 시시포스는 변함없이 자신의 돌덩이를 다시 밀어올려야 한다. 다시 말해 과거에서 온 가장 좋은 것을 운반하여 거기에 다시 생기를 불어넣어야 한다. 그것은 '역사의 움직임'에 몸을 맡기는 것보다 더 어려운 것, 나태함 위에 게양된 이익——불길한 알레고리——에 붙여지는 이름이다. 지배적인 흐름에 의해——다시 말해 시장이나 이데올로기의 지배적인 흐름에 의해, 이른바 '새로움'·'사상들,' 그리고 '유행하는' 행동들에 의해, 간단히 말해 모든 순응주의에 의해——돌풍 속의 지푸라기나 물결 따라 떠내려가는 죽은 개처럼 가만히 앉아 이끌리는 것, 그것은 진정한 진보와 전위적 태도와는 정반대이다. 이 지배적인 흐름은 뒷걸음질로, 힘의 약화로, 재앙과 게다가 심연으로 이끌 수 있다. 반대로 진정한 전위는 마치 지드가 말했던 것처럼, 시시포스가 하는 것처럼 **오르막 경사로를 따라간다.**

우리 사회로 말하자면 위험한 것은 사회가 변화하는 것이 아니라 지나치게 변하지 않는 것, 사회가 진보하기보다 후퇴하는 것이다. 사회가 건망증 환자가 되고, 모든 것을 포기하고 문제와 함께 걱정거리를 없애기 때문에 사회가 변한다고 믿는 것이다. 진정한 변화는 성급함보다는 사유와 분류이고, 멋대로 되도록 내버려둠보다는 저항이며, 방치이기보다는 보호이다.

동일한 재앙으로 이끄는 이 이중의 위험——이른바 '역사적 의미'에 대한 굴복(사실은 시장의 명령에 대한 굴복)과 문화적 건망증——에 맞서야 한다. 획일적이고 규격화된 백치가 되어 버린 세계와 인간들, 주로 문화계에 종사하는 사람들·작가들·예술가들이나 사상가들은 역사에 대한 진정한 인식과 자유에 대한 무한한 숭배로, 특히 상상의 자유에 대한 숭배로 스스로 대비해야 한다.

진정으로 역사를 이해한다는 것은 간단한 일이 아니다. 각국의 위대한 학자들과 위대한 인물들은 일반적으로 역사에 대해 올바른 인식을 지닌다. 프랑스에서는 몽테뉴와 드골·미테랑(매우 다양한 세 가지 사례를 들자면)이 그와 같다. 그러나 이 사실은 때로 함정일 수 있기 때문에 잘못된 평가(유고슬라비아 사태에 있어서 미테랑의 세르비아 지지론 같은)에 이를 수 있다. 역사가 똑같이 반복되지 않기 때문이다. 역사는 아주 여러 차례 몇몇 선의의 옹호자들이 **나중에** 주장하는 것과는 반대로 전혀 예측 불허이기까지 하다. 역사는 어떤 교훈이다. 역사는 여러 가지 교훈을 준다. 그러나 이 교훈들 가운데, 특히 가장 최근의 교훈들 가운데 어느것도 망각하지 않을 때에 그렇다. 지속적인 폭로는 필수적이다. 그리하여 현재의 교훈들 가운데, 개인들에게 있어서와 마찬가지로 인간 집단들에게도 역시 문제들이 여러 가지 수단들, 혹은 수면제('동구권 국가들'에서 스탈린의 긴 수면제 같은)로는 소멸되지 않는다는 것이 사실이다. 문제들은 완전히 **해결**될 때에만 소멸되고, 과감한 외과 수술에 의해 사물들의 근저에 즉시 갈 수 없다면 끔찍하게 길고 가혹할지도 모르는 **작업**(마치 프로이트가 기술한 장례식의 일처럼)이 이에 요구된다. (오늘날의 긴밀한 관계에 도달하기까지 프랑스와 독일 사이에는 세 차례의 전쟁이 있었다. 또 이스라엘과 아랍 국가들 사이에는 얼마나 많은 전쟁이 일어나고 있는가?)

최악의 숙명성에 맞서는 또 다른 조치는 상대성과 가능성의 의미를 유지하는 것이다. 결정론을 아이러니로 푸는 것이다. 그들과 장난치면서 즐기는 것이다. 마치 파도타기 하는 사람이 파도를 가지고 노는 것처럼 말이다. 이것은 일반적 허구의 의미, 특히(잠시나마 내 사적인 사소한 유혹들

을 암시하기 위한) 비판적-허구의 의미이다. 이를 통해 1938
년 히틀러가 사망했을 때, 혹은 1891년 랭보가 사망했을
때 일어났을 일을 상상하려고 애쓰면서, 아니면 사실 레닌
이 남모르게 다다이스트는 아니었는지를 자문하면서, 사람
들은 역사를 여행하고 내적인 인식에 완전히 이르면서 도
취 상태에 다다를 정도로 역사의 우연성을 맛본다. 모든 것
이 늘 다른 식으로 일어날 수 있었을지 모른다고 생각하면
서 사람들은 자신의 의지를 단련시킨다. 숙명성을 광적으
로 옹호하는 자들을 통해, 혹은 경제적 필요성을 예찬하는
자들을 통해 자만심을 갖는 것과는 달리, 사람들은 역사라
는 무대의 배우가 되는 지속적인 환희를 재발견한다. 몇 가
지 풀의 사용과 야키 마법사의 가르침 덕분에 미국인 민족
학자 카스타네다가 맛본 이 경험들에서처럼, 사람들은 자
신의 꿈을 이끌고 무한한 시간 속에서 제멋대로 이동하는
일에 어느 정도 익숙하다.

그리하여 사람들은 3천 년 내에 가장 귀한 물자가 될 것
을 준비한다. 밝은 미래를 말이다. 왜냐하면 변하게 될 것
은 미래일 것이기 때문에, 그리하여 무지개빛·다채로움·
다양함·비획일성일 것이기 때문이다.

소극에 대한 찬사

'무엇을 할까?' 역경 혹은 권태의 희생자들이 가지는 영원한 질문, 레닌의 질문, 프티 푸세의 질문, 《실성한 피에로》에서 안나 카리나의 질문, 그리고 천지 창조 15분 전 신자신의 질문은 수 세기를 거치면서 어느 정도 비슷하게 극단적이면서도 상충적인 해답들을 얻어 왔다. 어떤 이들은 '전부'라는 해답을 얻었는데, 특히 신과 프티 푸세 및 사회주의 혁명이 이루어지게 될 바로 그날의 이론가들이 그러하다. 다른 이들은 '무'라는 해답을 얻었다. 후자에 속하는 이들은 사람들이 그들을 베를린 장벽과 '이데올로기'의 공동 와해 이전, 혹은 이후에 생각하느냐에 따라서 마찬가지일 수 있다. 어떻게 구분해야 하는가? 단정짓지 않으면서. 시치미를 뚝 떼면서 혹은 전혀 시치미를 떼지 않으면서. 소극(farce)을 선택하면서.

소극이란 무엇인가? 그것은 누군가를 잡기 위한, 그의 희생으로 웃음을 일으키기 위한, 게다가 그 누군가에게 교훈을 주기 위한 꾸밈이다. 그것은 삶의, 제도의 혹은 더 일반적으로는 이 세계가 움직이기 때문에(혹은 움직이지 않기

45

때문에) 이 세계의 부드러운 바퀴들 안에 (광기나 모래) 알갱이를 집어넣는 한 방법이다. 그것은 부름이자 맹세이다. 경건한가? 확실치는 않다. 잘 만들어진 소극은 정의나 법을 드러내고 거기에 호소하고, 그것들을 웃음거리로 만들며, 결국에는 장황한 연설이나 살육 못지않은 효과를 거두기 때문이다. 그것은 현재 있는 것의 추악함이나 자의성을, 그리고 있어야 할 것의 필요성을 드러나게 하는 즐거운 마귀 쫓기이다. 그것은 마술적 행위, 덜 어리석은 미래를 모방하는 방식이다. 가장 최고의 경우 파업과 혁명은 소극이나 사육제, 파랑돌 무용 행렬과 카르마뇰 춤[프랑스 혁명 당시 혁명가들이 추던 춤]이 되는 것에서 시작한다. 다시 진지해지면서, 비웃는 대신 참수시키면서 파업과 혁명은 후퇴하고 소멸된다.

소극은 세계의 미화, 불손함, 게릴라에 이를 수 있다. 미화에 대해 소극이 단순한 **농담**의 표시로 드러날 때, 다시 말해 순수 유희적 소비의 표시로 드러날 때조차 소극은 삶에 산소를 가져오고 또다시 자극을 준다. 여기에서 사람들은 가장 맛있게 하기 위해 잘게 다진 고기로 속을 채운 요리라는 이 말의 첫번째 의미를 재발견한다. 우회와 이동·가장으로 소극은 현실이라는 암캐의 속을 채우고, 이 암캐가 소화할 수 있게 만든다. 마르셀 뒤샹이 〈모나 리자〉에 그려넣는 콧수염을 소극은 모든 존재들과 사물들에 그려넣는다. 소극은 진지함보다는 예술적 행위와 해프닝, 행위예술을 더 많이 알린다.

소극은 존경할 만하지 않은 것에 대한 무례(또 그럴 만한 것에 대한 존경)에도 이른다. 소극은 기만과 결합의 신성성을 박탈하고 그 가면을 벗기며, 그것들의 모습을 드러낸다. 내가 진정으로 검증하는 이 예가 그 증거이다. 내 인물들이 이 속임수를 쓴다고 추정되었던 한 소설의 필요 때문에,[5] 예전에 나는 가장 위대한 20세기 소설 가운데 하나인 버지니아 울프의 《댈러웨이 부인》 프랑스어 번역본의 일부를 프랑스나 프랑스어권의 21개 출판사에 보냈다. 그중 몇 군데는 내 책을 출간하는 곳들이었다. 물론 나는 이름과 장소를 바꿨다. (버지니아 울프를 베르지니 랄루로, 댈러웨이를 보슈망으로, 런던을 파리 등으로.) 그러나 근본적으로 울프의 뛰어난 초기의 음울한 텍스트는 그대로 베꼈다. 어느 출판사도——심지어 1929년 실제로 이 작품을 출간했고, 그 이후 끊임없이 재출간해 온 스톡출판사조차도——그것을 원치 않았다! 몇몇 출판사들은 자기들이 거절하는 이유를 정당화시키고자 애쓰기도 했다. ("서술 양식이 충분히 가다듬어지지도 통제되지도 않았다면서.") 나는 그것이 이상했는지는 모르지만, 다만 출판의 실제 현실이 그런 식으로 모습을 드러냈다는 사실은 알고 있다.

한림원에, 노트르담에, 소르본에, 마티뇽에, 엘리제 궁에, 증권거래소에, 파르크 데 프렝세에, 텔레비전에, 뭔가가 억누르거나 고정된, 포악하게 굴거나 마비시키는 도처에 소극들이 필요할 것이다. 자발적인 집단들이나 조합들이 때때로 이런 일에 노력을 기울이지만 거의 드문 경우이다. 가장 흔한 일은 소극이 개인들이나 소기관들에 최대 효과를 미치게 하는 것이다. 이때 소극은 비판적인 미덕을 가질 수 있고, 게릴라의 부드러운 형태일 수 있으며, 모든 저항들에 대비할 수 있다. 소극, 그것은 육아학 개론서를 최후의 술 리처 자켓 아래로 밀어넣는 것이거나, 포르노 테이프를 장 들라노이의 《베르나데트 성녀의 삶》 케이스로 밀어넣는 것이다. 그것은 유로디즈니에 진정한 미소를 보내는 것, 프랑스 전역에 무례한 낙서들을 인정토록 하기 위해 7월 투르로 가는 길 위에서 텔레비전의 헬리콥터에 설치된 카메라들을 이용하는 것, 예전에 드 빌리에 씨와 솔제니친에 의해 장중하게 거행된 반혁명 왕당파 기념비 앞에서 '상 퀼로트' 축제를 조직하는 것이며, 이외에도 아주 많은 것들이다. 이것은 가능성에서 가장 두터운 필요성의 한가운데로 되돌아가는 것이다.

마오쩌둥의 백화가 진 후 1백 개의 소극들이 올려지고, 연중 매일매일이 4월 1일일 수 있다면 얼마나 좋을까!

깜짝 놀라게 하기, 깜짝 놀라기

.

우리에게는 두 존재가, 두 개의 생명이 있다. 하나는 현실적인 것이고, 다른 하나는 상상적인 것이다. 현실계에서 우리는 뜻밖의 일들, 특히 나쁜 일들을 제외한 어떠한 것도 그리 혐오하지 않는다. 상상계에서 우리는 그것들을, 특히 나쁜 일들을 소중히 여긴다. (아이들을 대상으로 하는 이야기들을 이루는, 그리고 아이들이 어떤 점에서 존재론적으로 몹시 좋아하는 모든 공포 이야기들을 생각해 보자. 이것은 그들을 길들이는 것이고, 그들로 하여금 인간 삶의 끔찍한 고요함에 대비시키는 것이기 때문이다. 즉 예상되는 이 일상 자체는 놀라움과 잔인성으로 가득 찬 지옥에 이르기 전까지의 유예일 뿐이고, 부차적인 것에 불과하다는 인상이다. 이런 관점에서 범죄 소설이나 탐정 소설의 독자, 공포 영화나 서스펜스 영화의 관객인 이 나이든 아이, **때지난 아이**에 대해서도 생각해 보자.) 현실계에서 행복은 고대인들, 특히 스토아학파 사람들의 방식 속에 있다. 즉 아타락시, 모호함의 부재인 것이다. 상상계에서는 반대로 행복은 낭만적 방식이거나 보들레르적 방식에 있다. 지옥이든 천국이든 중요치 않다. 그러나 미지인! 새로운 것! 파도와 폭풍우는 중요하다! "일어나라, 욕망에 가득 찬 폭풍우여!" "사랑하는 이여, 날 두렵게 해주오!" 혹은 디아길레프가 콕토에게 한 것처럼 "날 놀라게 해줘요!"

깜짝 놀람은 예상되지 못했다는 것과 같은 것은 아니다. 그러나 그렇게 될 수는 있을 것이다. 그것은 예측하지 못하는 것이지 예측 불능한 것이 아니다. 뜻밖의 것이지 설명할 수 없는 것이 아니다. 그것은 무지함·사유 혹은 앎의 부족에 의해 그렇게 된다. 신에게는 깜짝 놀라는 경우가 없다. 알고 있는 자는 결코 놀라지 않는다. 그는 원인과 결과의 사슬을 이해한다.

현자(賢者)도 놀라지 않는다. 그러나 현자는 아는 자를 의미하지 않는다. 현자는 인정하는 자, 예견한 자를 의미한다. 현실성이 아니라 갑자기 들이닥치는 일의 가능성을 예견하는 자를 뜻한다. 현자는 깜짝 놀랄 것을 기대하지 않는다. 스토아학파처럼 말이다. 스토아학파에게 뜻밖의 불길함은 없다. "네가 여행에서 돌아올 때, 너는 늘 네 집이 불타고, 네 아내가 강간당하며, 네 아이들이 교살되어 있기를 기대한다." 마르쿠스 아우렐리우스는 이렇게 말한다. 그러면 사람들은 상당한 놀라움만을 경험할 수 있다.

그러므로 깜짝 놀람이라는 개념은 그 자체로 독특한 부정, 적어도 독특한 비판을 내포한다. 깜짝 놀람은 늘 되지 말았어야 할 것이다. **그렇지 않으면** 사람들은 그것이 정확하게 **그렇게 되는 것을 보게 되거나**, 혹은 모호하고 부정확하게 틀림없이 거기에 이르게 될 것이다. 그것은 늘 **사피엔시아**, 지식 혹은 지혜가 부족하다는 표시이다. 그것은 부정적인 의미이다. 현실계에서는 그렇다.

기적과 패러독스는 상상계 혹은 예술계에서 그 반대이다. 깜짝 놀람은 매우 다양한 역할을 한다. 그것이 주의를 끌거나 재작동시키기 위해 사용하는 것이 일반 예술, 예술의 기능들, 그 수용, 운명뿐 아니라 내적 조직 속에, 전략들 속에 있는 특정 예술 작품이라는 점은 사실이다.

여기에서 나는 약간 상처입은 마음으로 사고의 탄생 속에서, 혹은 미적 경험 속에서 깜짝 놀람이 담당하는 역할에 대한 상당히 많은, 일어날 수 있는 발전들을 그만둔다. 어떤 경우, 철학적 소녀에 대한 아리스토텔레스의 지적은 놀랍기까지 하다. ("현자는 모든 것에 놀라는 자이다." 지드는 《지상의 양식》에서 똑같이 말하게 된다. 분명 스토아학파와는 거리가 먼 발언이다.) 또 다른 경우 아름다움 ——특히 인간적인 아름다움 ——은 마치 두려움(플라톤)과 같고, 최소한 가장 극단적인 혼돈으로 이끌 수 있는 교란(《마농 레스코》나 토마스 만의 《베네치아에서의 죽음》 마지막에서 나타나는 것처럼)과 같다.

그러나 간단히 말하자. 그러므로 나는 일반 예술 쪽으로 **전속력을 다해** 갈 것이고, 특수한 작품에 대한 몇 가지 상세한 사항들로는 들어가지 않을 것이다.

대부분 예술은 결렬이다. 그러나 기분 좋은 결렬이다. (이것이 깜짝 놀람의 가능한 정의가 아닐까?) 사람들이 바타유나 카이유와를 동원하면서 예술을 성스러운 것과 결부시키기 때문이다. 이때 예술의 타락이나 세속화는 지출과 사치, 그리고 심지어 속임수·축제나 의식에 속할 것이다. 이 모든 경우 예술은 자신의 이익을 위해 세속적인 것과 일상성·음울함·권태와의 관계를 끊는다. 예술이 이러한 것들을 모방하거나 비판적으로 흉내내기 위해 다시 찾는다 해도, 예술은 야콥슨이 말하고 일종의 의식적 나르시시즘과 축제의 첨가물을 이루는 이 유명한 시적 기능을 거기에 덧붙인다. 예를 들면 전달해야 할 정보의 보잘것 없는 제공자가 되는 대신, 말은 제 모습을 꾸미게 되고 자기 자신들에 대한 관심을 끌려고 할 것이며, 조형성 혹은 음악성——리듬 혹은 울림——의 부차적인 기쁨을 주게 될 것이다. 언제나 깜짝 놀라는 일은 거기에서 온다.

그런데도 서글픈 현실과 절연하는 즐거움을 주는 일은 예술의 여러 기능들 가운데 하나에 불과하다. 현실을 이해하게 만드는 것 혹은 현실에 대한 책임을 요구하는 것, 현실을 축하하거나 반박하기 위해 현실을 배가시키는 것인 예술의 또 다른 큰 기능은 여전히 깜짝 놀람과 연관되어 있다. 여기서 상기해야 할 것은 러시아 형식주의자들——야콥슨이나 치클로프스키——에 의한 리얼리즘이나 예술적 인식의 분석 자체이다. 예술에 단지 장식적이고 유희적 역할만이 아니라 (말의 모든 의미들을) 더 잘 보고 더 잘

들도록 하는 기능이 있다면, 예술은 끊임없이 감각을 무디게 하는 것에 맞서 싸워야 하고 습관을 알아야 한다. 그런데 기습적으로 갑자기 현실을 드러내지 않으면서, 그리하여 색깔과 형태, 말이나 소리의 배열로 놀라게 하지 않으면서 어떻게 감각을 일깨우고 이를 진정한 인식으로 구축할 수 있겠는가? 회화나 조각에서 만큼이나 소설이나 영화에서의 연이은 학파들——특히 리얼리즘 계열의——은 단지 감시 경쟁, 눈과 귀의——정신의——각성 경쟁에 지나지 않는다. 예술사는 깜짝 놀람의 역사이다.

확실히 타락은 해럴드 로젠버그나 장 클레르의 뒤를 이어 우리의 현대성이 좋아하는 타락이 무엇인지를 살핀다. 그것은 깜짝 놀람을 위해 깜짝 놀람을 추구하는 것이다. 예를 들면 1921년 **깜짝 놀람극**이라는 선언[6]에서의 이탈리아 미래학자들이 이에 대한 좋은 상징이다. 이때 그들은 취해야 할 적절한 용어로 모든 것을 평가하면서 선조들을 배려하는 일에는 거의 신경쓰지 않는, 바쁜 젊은이들에 대한 견해를 나타낸다. "자신의 프레스코화들 가운데 하나로 이미 몇 년 전에 소도마가 장식한 바티칸의 벽을 선택한 라파엘로는 벽 위의 이 화가가 그린 놀라운 작품을 긁어 놓고는, 훼손된 작품을 유감스러워하지도 않고 거기에 자신의 프레스코화를 채색한다. 왜냐하면 그는 예술 작품의 주된 가치가 사람들을 깜짝 놀라게 하는 출현으로 구축된다고 생각했기 때문이다." (분명 마리네티라는 하찮은 사람은 이것이 당연하다고 생각하는 척한다.)

로젠버그의 표현대로라면 이것은 '새로움의 전통'에 대한 패러독스이다. 깜짝 놀람은 지나치게 기대됨으로써 변질되고 소멸된다. 이 모든 것은 역설적인 고조로 인해, 그리고 어떤 사람들이 묘사할 수 있다고 여겨 온 주기에 따라 점점 더 뒤틀린(원한다면 바로크적인) 형태들, 괴물 같고 유황 성분이 많은(이것은 보들레르의 궤양에서 항문에 이르는 아름다운 흉측함이다) 형태들에 이르거나, 반대로 점점 더 최소화된 형태들이나 비형태들(알퐁스 알레나 말레비치의 모노크롬, 존 케이지의 침묵의 조각)에 이른다. 이는 순응주의나 키치·레디 메이드에 이를 수도 있으며, 결국 가능하고도 유일한 깜짝 놀람은 더 이상 놀라지 않는다는 사실, 게다가 전혀 아무것도 없다는 사실이다.

　이 깜짝 놀람이 ——그리고 이제 나는 작품이 수용되는 방식으로 돌아온다—— 모든 사람들의 취향이 아닐 수도 있다. 깜짝 놀람은 스캔들일 수 있다. 이 점에 대해서는 두 가지 견해만이 존재한다. 첫번째 견해는 《인간과 성인》에 나타나는 로제 카이유와의 분석들을 답습하면서 창조 행위로서의 예술 작품이 그 자체로, 그리고 어떤 식으로든 스캔들을 일으킨다고 말할 수 있을 것이다. 정말 아무것도 아닌 어떤 것을 창조 행위(대문자 'C'로 시작되는)에 덧붙이는 것은 질서를 파기하는 것이고, 속되게 하는 것, 후퇴시키는 것이다. 그리고 이 불경스러운 후퇴는 마귀쫓기를 불러들이고, 우리가 모르는 어떤 성스러움에, 불로 태우는 성스러움에 도움을 청한다. 거기에서 시작의 ——축성 혹은 칵테일——의식들이 시작된다. 두번째로 우리의 현대성이 꼭 스캔들에 사로잡혀 있는 것은 아니다. 우리의 미래주의 혹은 다다이스트 친구들이 자기들의 소극과 남을 속이기 위한 장난감에, **세라트 음악**에, 따귀, 주먹질, 지팡이질, 부러진 팔이 난무하는 《쾨르 아 바르브》의 저녁 시간에 몰두하는 순간, 교육적 선의로 충만한 콕토는 창조자가 대중을 현혹시키려고 해서는 안 되고——대중 혼자서는 충분히 그러하다——반대로 새로운 작품 주변의 땅을 평평하고 고르게 하는 데, 그리로 가는 계단을 세우는 데 힘써야 한다고 설명했다.

아마도 그는 하나의 스캔들이 운명을 만들지 않는다고 이해했을 것이다. 수많은 예술적·문학적 스캔들은 물에 젖은 폭죽에 불과했다. 반대로 출현하면서 어쩔 수 없이 많은 소란을 일으켰던 작품들은 그 뒤에도 멈추지 않고 우리를, 각 세대를 차례로 놀라게 했다. 모든 부분들이 즉시 읽혀지지도 보여지지도 포착되지도 않았고, 활짝 피어나기 위해서는 시간이 필요했다. 물 속에서 펼쳐지기 위해 시간이 걸리는 종이꽃들처럼 말이다. 시한 폭탄——일련의 폭탄들——이 된다는 것은 아마도 위대한 작품의 속성일 것이다. 위대한 작품은 앞서 나아가는데, 스스로가 그처럼 요란한 소동을 일으킨다고 주장해서가 아니라 실제로 그렇기 때문이다. 자칭 아방가르드 작품과는 반대로 위대한 작품은 다른 작품들 사이에, 우리들 사이에 여전히 모호한 상태로 이미 존재한다. 마치 '활동'을 기다리는 '잠자는' 비밀 요원처럼 말이다.

그 다음 위대한 작품은 한 번, 딱 한 번 놀라게 하지 않고, 늘 적어도 점점 더 많은 놀라움을 일으킨다. 이런 작품은 친근하지만 뜻밖이다. 마치 공동 생활을 여러 해 한 후 사람들에게 호감을 받는 존재처럼 말이다. 사람들은 이 작품을 경험한다고 믿으며, 이 작품은 어둠 속에 머물러 있는, 혹은 그리로 되돌아온 자기 자신의 모습을 드러내면서 여전히 놀라움을 준다. 이처럼 위대한 작품은 가장 큰 기쁨을 일으키는 것이다. 가장 위대한 기쁨은 어쩌면 이미 알려진, 그리고 아직까지 놀라움을 주는 행복한 갈증의 상황 속에 있는 어떤 것을 향유하는 일이기 때문이다. 나는 여기서 사르트르가 《존재와 무》에서 갈증에 대해 말하는 바를 암시한다. 이때 그는 "갈증이 갈증으로써 약화되는 쪽으로 향한다는 것은 맞지 않다"고 지적했다.[7] 그리고 나는 니콜라 그리말디가 자신의 《시간의 존재론》에서 한 "……갈증이 갈구하는 것은 목마르지 않다는 것이 아니라 반대로 마시기 시작하는 것, 이미 미래의 처녀처럼 **여전히** 자기 안에 갈증 자체를 지니면서 **이미** 마시는 것이다"[8]라는 설명도 암시한다.

예술 작품에 존재론적으로 연결된 깜짝 놀람은 전략적으로 예술 작품에 연결될 수 있다. 목적으로서만이 아니라 수단으로서도 말이다. 정숙 혹은 외설 단계에서 예술 작품이 버클리의 체계 같은 형이상학적 체계에서 제기되는 현실의 문제를 해결해야 하기 때문이다. 여기서 사람들이 흔히 알고 있는 것처럼 "존재하는 것, 그것은 인지되는 것이다." 예술 작품은 자기 앞에 놓여 있는 능동적 의식, 적어도 각성된 의식을 요구한다. 예술 작품의 적은 무관심과 무기력이다. 그로부터 깜짝 놀람, 두드림——팀파니를 두드리거나 사건의 반전——에 대한 호소가 생긴다. 주의를 끌어야 하는 것이다.

사람들은 풍부함으로 그렇게 할 수 있다. 이것이 재기 발랄함의 측면이다. 사람들은 폭발할 때마다 마지막이라고 믿지만 그렇지 않다. 더 높이 올라가는, 더 화려한 모양으로 터지는 다른 것이 생긴다. 그것은 마치 꽃다발 같다. 어떤 소설들, 사실 많은 소설들이 그렇다. 소설이 가장 터지지 않는 문학 형태라면, 이는 일기와 함께 그것이 가장 자유롭기 때문에, 거기에서 사람들이 발견하게 될 사물들이 어떤 유형인지 결코 알지 못하기 때문이다. 이것은 그 속에 무엇이 들어 있는지 모르는 복주머니이다. 음악에 있어서도 이런 일은 일어날 수 있다. 코스탱 미에레아누의 작품들처럼 '우발적'이고 복잡한 형태의 작품들이, 여러 가지 함정들과 '하늘을 나는 양탄자'를 지닌 작품들이 이 사실을 입증한다.

단순한 형태들에 오락·결렬, 이질적이거나 뜻밖의 요소를 갑자기 끼워넣음으로써 주의를 끌 수 있다. 이것은 17

세기 연극 작품들, 18세기의 오페라, 19세기의 위대한 인형극 장치들, 혹은 오늘날 할리우드 영화에서의 **전기 장치**들이다. 더 단순하게 말하자면, 어떤 강연회가 너무 지겨워지지 않도록 외설적인 그림 엽서들을 돌릴 수 있다. 마치 지드의 속박당하지 않는 프로메테우스처럼 말이다. 그렇지 않다면 수행적이 되자!

여기 피리 부는 작가의 모습을 그린 그림이나 사진이 있다.

포착될, 보다 진지하지만 덜 순간적인 과정들 가운데 서스펜스 혹은 개그를 생각해 보자. 서스펜스는 그때까지 경제적으로, 다시 말해 생략으로 작동하던 이야기 구조 안에 현실의 지속 시간을 갑자기 삽입하는 방식이다. 서스펜스, 그것은 주의이고 이완이며, 사람들은 더 이상 아무것도 뛰어넘을 수 없고, 매초마다 정확하게 당신은 내 인물들에게 감탄하게 된다. (사람들은 이것이 탐정 소설을 쓴다는 핑계조차 가지고 있지 않은 몇몇 작가들의 방식이기도 하다는 것을 구분할 것이다. 그리하여 그들은 권태 쪽에, 힘의 대결 쪽에 있다.)

개그는 일종의 '희극적 효과들'에 속한다. 다시 말해 웃음을 일으키기 위한 무절제한 의도 속에서 만들어지는 현상들에 속한다. 그러나 이런 유의 단순한 다양성과는 반대로 추락처럼, 찡그림이나 크림 파이처럼 그것은 심리적 ·

사회적 요소들을 작동시킬 수 있고, 미묘하고 분절된 단계들을 부각시킬 수 있는 복잡한 다양성이다. '분절되었다' 함은 개그에 시간이 걸리기 때문이다. 즉 개그는 준비되는 것이다. 실제로 베르그송이 '연달아 일어나는 것들의 충돌'[9]이라고 부르는 것에서처럼, 이때 오해가 그 뛰어난 사례로, 개그는 쿠르노에 따르면 우연 같은 구조를 지니지만("인과 관계의 배열 속에서 독자적 연속물에 속하는 현상들의 충돌")[10] 그것은 기름칠이 잘 된, 현실에서보다 더 완벽한 인과 관계의 도움을 받는――오, 얼마나 많은 도움이던지! ――우연이다. 베르그송은 설명하기를 우연, "그것은 마치 의도가 있는 것인 양 행동하는 기제이다."[11] 다시 말해 그것은 목적성 같은 태도를 띠는 결정론이다. 반대로 개그는 우리의 매혹된 공모와 더불어 결정론의 태도가 드러나는 목적성이다. 그리고 그것은 또한 실렙시스, 다시 말해 상이한 두 총체의 일부분으로 동시에 파악될 수 있는 요소이기도 하다.

이때 수사학이 개입한다. 깜짝 놀람은 부분적으로 수사학과 연관되었다. 깜짝 놀람 없이는 수사학도 없다. 이들은 서로 숨바꼭질한다. 원칙적으로 수사학의 모습은 기대하지 않던 어떤 것으로 문장에 흥을 돋우고 드러내는 것이다. 은유가 그 예이다. 그러나 은유가 너무 진부해서 전혀 놀라지 않는 경우가 있다. 그것은 카타크레즈[비유적 전용, 남유(濫喩)]의 경우로, 이때의 카타크레즈는 매우 불가피하다. ('의자의 다리') 실렙시스가 남는데, 이것은 카타크레즈를 양분시키면서, 그것을 마치 뱀의 혀처럼 양쪽으로 갈라 놓으면서, 두번째 의미 속에 첫번째 의미를 일깨우면서 깜짝 놀라게 하고 미소짓게 한다. ("의자가 내 다리가 되었다" 혹은 보리스 비앙의 작품을 보라.)

이는 깜짝 놀람의 수사학이 있다는 뜻이다. 기쁨을 주면서 깜짝 놀라게 하기에 적합한 특징들인가? 그렇게 생각할 수 있다. 내가 초벌 그림을 그린다면, 나는 우선 이미 완결된 표현들, 유명한 격언들이나 인용문들의 방향 전환과 급속한 전환을 구분할 것이다. 벨기에의 초현실주의자인 루이 스쿠트네르의 예가 있다.

나에게는 튀랭 때보다 더 많은 추억들이 있다.

나에게는 모든 국가들의 프롤레타리아인 당신들에게 해줄 충고가 없다.

경작(culture)이라는 말을 들을 때, 나는 밭과 소, 종달새와 아름다운 촌부를 본다.[12]

뒤이어 패러독스와 심지어 지로두 작품에서 매우 흔한, 사람들이 **이중의 패러독스**라고 부르게 될 것을 보게 된다. 이는 평행봉이나 피겨 스케이팅의 복잡한 연기들—— '착지와 더불어 이중의 악셀폴젠 점프' ——과 견줄 만한 것으로, 이 용어로 말하자면 그들은 완전 무결하고 능숙하게 착지한다.

[엘렉트라의 정원사가 관객에게 하는 유명한 독백에서] 결혼식날 밤을, 그것도 혼자서 이렇게 보내다니——**이렇게 되어 감사드립니다.**

[라신에 대해] 프랑스 문학에서 최초의 작가가 모럴리스트도 현자도 장군도, 심지어 왕이 아니라 문학가라고 생각하는 것은 기분 좋은 일이다.[13]

그러나 깜짝 놀라게 하는 것, 그것은 아주 흔히 오토사보타주, 자발적인 실패이다. 시니피에의 내적인 상충에서 시니피앙의 갑작스러운 흥분에 이르기까지 그것은 유머의, 적어도 사람들이 블랙 유머라고 부를 수 있는 것의 근본적 경향(흔히 불완전한 결혼을 지칭하기 위해 '백색의 결혼'이라고 부르는 것처럼, 혹은 밋밋하고 거의 들리지 않는 허약한 목소리를 규정하기 위해 '하얀 목소리'라고 말하는 것처럼)이다.

(여기에서 반복하는 것을 빼고 나는 침묵할 수밖에, 그래서 독자를 실망시키거나 만일 그가 매우 호기심이 많거나 호의적이라면 다른 책을 참조하라고 할 수밖에 없다.)[14]

이러한 깜짝 놀람은 때때로 매우 유치하다. 현자의 사상으로 되돌아가야 한다. 예술 작품을 대하는 다른 방식들, 환상 기차에 오르기를, 그리고 사람들이 자기에게 겁주기를 기대하는 아이의 그것과는 다른 방식들——다른 미학적 기대들——이 있다. 탐정 소설과는 다른 소설들, 할리우드 영화와는 다른 영화들, 하이든의 94번째 음악처럼 ——
그러나 1백 배나 1천 배 증가된 —— '노부인들을 깨우기 위
한' (혹은 젊은 신사들을 흥분시키기 위한) 갑작스러운 팀파
니 연주가 이루어지는 것과는 다른 음악들이 있다. 명상이
란——능동적 명상이란——개념이 여기서 역할을 재발견
할 수 있다. 그것이 반드시 ——초월하기 위한 조건에서
—— 깜짝 놀람(쉬르프리즈)이란 개념을 배제하는 것은 아
니다. 혹은 다르게 말해, 이 명상이란 개념은 쉬르프리즈
보다는 에톤느망에 더 가깝다. ('에톤느망'을 완화되고 지
속적인 쉬르프리즈, 무한히 희석된 쉬르프리즈로 불러도 좋
다.) 그러므로 명상하는 사람에게 있어서 두 가지 에톤느
망은 서로 상반된다. 그것은 존재함의 끊임없는 에톤느망,
'내가 있다'로 존재함, '내가 생각한다'로 존재함, '내가
느낀다'로 존재함의 끊임없는 에톤느망……. 이는 뭔가가
무 이상이 될 수 있음, 그럴 수 있다는 끊임없는 에톤느망
에 따라 변화된다. 그리하여 무한하고 평화로운 명상을 시
작할 수 있다. 우리가 방금 이야기한 행복한 갈증처럼 말
이다. 즉 더 이상 올 수 없는 쉬르프리즈의 부드러운 기다
림 속에서 일어나는 항시 가혹하고 이미 진정된 갈증이다.

말의 기쁨

> 이렇게 말하는 자들은 교활하다. "직설적으로 말하자!" 이것은 전쟁 선포이다. 각 사물, 각 인간, 각 행위가 거짓 이름하에서 번성(예를 들면 이 불길한 솔직함이 스스로를 정직하다고 우긴다)하기 때문이다. 그리고 거기에 어울리는 이름으로 사물들을 부르는 것, 그것은 사회를 전복하는 것이다.
>
> 토니 뒤베르
> (《악의로 물든 입문서》, 〈이름〉이란 글)

거기에서 우리는 그 확실한 증거들을, 사람들이 요리에 서처럼 말에서도 기쁨이나 불쾌함을 경험할 수 있다는 것을 보게 된다. 모든 것이 말을 사용하는 방식에 달려 있다.

우선 이 말을 구별하는 두 방식이 있다. 그것을 제거하기 위한, 혹은 촉진시키기 위한 방식이다. 제거코자 하는 말들의 유형은 마리네티에게는 부정법과는 다른 형용사와 동사적 형태들로, 이때 속도가 이를 구속한다. 로토에게는 '그러나'나 '혹은' 같은 등위 접속사들이다. 다른 것으로는 '거짓말하는' 부사가 될 것이다. 또 다른 것은 여러 '누구'와 여러 '무엇'일 것이다.

반대의 경우, 사람들은 사전이 있을 때에만 읽을 수 있는 위험을 무릅쓰고 희귀한 말들을 게걸스럽게 이용한다. 가장 많은 것들 가운데 잘 알려지지 않은 간지[15]를 이용한다고 사람들이 비난하는, 그러나 수십만 부를 판매하는, 현재(1999년) 인기 있는 젊은 일본 작가처럼 말이다. 같은 종류로는 위스망스의 《거꾸로》가 있는데, 여기에서 사람들은 '금록석' '파장의 모습으로 드러나는' '사파이어빛의' '과민증' '슈누다' '에멀신' '스트리질' '오네' 혹은 '궁정의' 같은 말들을 보게 된다. 이때 보통 명사는 고유 명사의 특징을 띠고, 용례가 매우 드문 낱말에 가깝다.

이와 같이 아름다운 여인이 자수정이나 유리로 손가락을 아름답게 장식하는 것처럼, 문장을 치장하는 작가는 거기에서 말의 첫번째 기쁨을 발견한다. 그것은 거의 수집가의 기쁨에 가깝다. 이 기쁨은 특히 시인들(그리고 특히 상징주의 시인들)에게서 관찰되지만, 꼭 그런 것만은 아니다. 예를 들어 지명들로 인한 기쁨——청각의 심취, 지형에 대한 감상벽, 유일하고도 배타적 형태의 애국심——은 페기의 작품에서 명백하다.

1백20개의 성들이 그에게 연이은 궁정의 풍경을 만들어준다.
궁전보다 더 많고, 더 활력 넘치고, 더 정교한 성들이.
이 성들에는 발랑세이, 생 테냥과 랑제,
슈농소와 샹보르·아제·르 뤼드·앙부아즈라는 이름들

이 붙어 있다.

혹은 아라공 작품들에서 그러하다. 점령하에서의 수많은 프랑스인들처럼 패배하고 쇠약해지고 짓눌렸지만, 그는 수천 개의 지붕들·시냇물·얼굴들을 동시에 지각하면서 각각을 환기시키는 말의 반복 속에서 희망과 저항의 이유들을 재발견한다.

안녕 라 팔루아즈 장제
안녕 생 데제르 장델리즈
제르베팔 브레즈 주벨리즈
퐁텐 오 피르와 제베제

그리하여 '지방명들'로 인한 이 기쁨은 정확히 프루스트에게서도 나타난다.

봄날 책에서 발벡이란 이름을 찾아내는 일은, 내 안에 노르만 지방의 폭풍우와 고딕 양식에 대한 욕망을 일깨우기에 충분했다. 폭풍우가 몰아치는 날이라 해도 피렌체나 베네치아라는 이름은 태양과 백합, 도제 궁과 생 마리 테 플레르 궁에 대한 욕망을 일으키고는 했다.

게다가 지로두나 사르트르의 작품에서도 그러하다.
그러나——용서하게, 로토!——특히 시인들에게 이런 말

의 기쁨은 다른 것과 겹친다. 리듬과 두운법의 기쁨으로
이것은 한 단어에만 국한되지 않고 그 행이나 여러 행들에
영향을 끼치며, 이 기쁨은 음악적이면서 동시에 감성적이
다. 우리는 진정으로 알고 있는, 우리 언어로 이루어진, 그
리고 어떤 다른 것들로 만들어지고 가장 놀라운 것들로 여
기는 이 아름다운 행들을 피해 우리의 내면으로 들어간다.
모든 것들 중에서 가장 아름다운 것인가? 종종 연습이 제
안되었다. 테오필 고티에에게 있어서 그것은 《페드르》의 다
음과 같은 행이었다.

미노스와 파시파에의 딸.

그리고 당신들에게는? 나에게도 역시 라신의 작품이었다.

나는 당신을 전혀 사랑하지 않았어, 잔인하다구? 그럼 내
가 뭘 했느냐고?

혹은,

나는 그를 보고 얼굴을 붉힌다. 그의 시선에 사로잡히자
나는 창백해진다.

그러나 또한 베르길리우스 · 뒤 벨레 · 말로 · 라 퐁텐 · 아
폴리네르 · 릴케 · 웅가레티의 작품이기도 했다. (암송하고)

받아쓰는 기쁨은 끝이 없다!

그리고 나의, 음악의 여신들은 기이한 일처럼 사라진다.

여전히 서 있는 당신은 천체의 모든 움직임,
그 시간은 멈출 수 있고, 밤은 영원히 오지 않을지도 모른다.

물결은 가장 좋은 날씨에 그렇듯이 청명했다.

내 대모는 잉어를 수 차례 맴돌게 했고,
　　　그의 대부는 곤들매기를 그렇게 했다.

우윳빛 길, 오 눈부신 여인
가나안의 하얀 개울들

오 그리고 그 밤, 그 밤, 어느 날 우주로 충만한 그 바람이

우리들을 바로 대면하고 먹어치운다……

나를 밝혀 준다
끝없이

특히 라신의 작품에서 의미의 감동이 적어도 음소의 음

악성만큼 큰 비율로 이 유혹 속으로 들어가지 않는다는 사실은 확실치 않다. 그러나 얼추 사람들은 내재성 속에 남는다. 나는 현실이 아니라 기호의 차원을 말하고 싶은 것이다.

미국 캠퍼스에서 10년 전에 생겨난, 그리고 그후 후광을 이루는 '뛰어난 언어 구사력'이란 현상의 다른 것이 있다. 여기에 몰두하는 이들은 짐승처럼——혹은 구름에서 약간의 비의 은총을 뽑아내기 위해서나, 멀리서 적을 물리치기 위해 마술 공식을 쓰는 마법사처럼——**초월한다**.

사실 처음부터 '올바른 용법'은 수사학의 일 그 이상이다. 이것은 말이 사물이라는 신념, 혹은 (실제 마술 유형의) 이른바 신념이라고 말하는 것에 기초하는 알레르기 현상이다. 페미니스트들은 더 이상 남성적인 것을 견디지 못하고(왜 여자를 '**한** 인간 존재'라고 말하는가? 그러나 그녀들은 남자가 어쩌면 '**한** 사람' 혹은 '**한** 영혼'일 수 있다는 사실을 잊고 있다), 반식민주의자들은 '흑인 남녀'에 대해 말하기를 꺼려하며(뷔퐁과 보들레르 혹은 심지어 사르트르가 말했던 것처럼), 선량한 사람들은 직설적으로 말하고 큰 소리로 말하는 것을 더 이상 참지 못한다.

올바른 용법은 영어식 프랑스어나 신조어에 대한 광기처럼 역사가 우리에게 넘겨 주는 것, 즉 이미 사용된, 그리고 결국 아주 많은 의미들을 지닌 말들에 대한 두려움이다. 그러므로 사람들은 오로지 입문자들이 이해할 만한 '브

로커'를 이미 세상 사람들이 알고 있는, 그러나 자칫 '보험중개인'과 혼동할 수 있는 '중개인'보다 선호할 것이다. (그러나 영어의 '**브로커**'는 프랑스어의 '중개인'만큼 부정확하다.) 이는 다의성에 대한 두려움이고, 어쩌면 소비 사회와 결부되어 있을지 모르는 아주 비싼 신제품에 대한 취향이다. (그런데 말은 늘 일시적이다.) 극단적인 경우, 그것은 다음과 같은 장 폴랑의 《타르브의 꽃들》 첫머리이다. "내가 좋아하는 원주민 소녀가 가르쳐 준 이 말을 내가 되풀이하려고 했기 때문에 '그만! 한 번만 쓸 수 있어'라고 그녀가 소리쳤다."

마지막에 가서는 결코 한 마디도 안 된다! 그것은 부정확한, 적어도 무모한 말투이다. **이보게! 느낌**, 보여지는 것, 만져지는 것, 이런 것들이 중요하다네.

그렇지 않으면 미국의, 다시 말해 청교도와 공동체주의의 양념이 곁들여진 비장한 민주주의 판본의 이름으로, 이때 각 '공동체' —— '제트'로 시작되는 이름을 가진 활 쏘는 여자들의 공동체나, 왼뺨에 사마귀가 있는 금발의 동성애 판매원들의 공동체를 가정해 보자——는 체면 할당량, 숫자로 나타난 일부 이익에 대한 권리를 지닌다. 이것은 완곡어법을, 시니피에의 질서 내에 평등성이 없기 때문에 시니피에의 질서에서 광적으로 평등성을 추구하는 것이다. 이것은 또한 은유의 의미를 잃는 것이기도 하고, 더 광범위하게는 **문체**의 상실이기도 하기 때문에, 또 사람들이 모든 것을 문자 그대로 받아들이기 때문에, 그들은 한 걸음

한 걸음 매우 조심스럽고도 천천히 나아간다. 사람들은 정의를 말과 교체하고, 완곡한 표현을 독특한 용어와 교체한다. 외교관의 정신, 회의 참가자의 정신이 종합적 움직임을 편집한다. 다른 말보다 더 월등한 한 마디의 말은 없다. 다른 존재보다 못한 존재, 게다가 다른 존재와 다른 존재는 없다. '올바른 용법'의 표본, 그것은 뒤라스가 (3인칭으로) 적절한 강세로(화자는 한 아프리카 남자이다) 말해 준이 이야기이다. "**독수리**라고 말하지 마세요, **물처럼 흘러가는 새**라고 말하세요!" 마찬가지로 사람들은 곧 더 이상 '다리가 하나밖에 없는 사람'이 아니라, (내가 지어내자면) '다리가 홀수인 사람'이라고 말할 것이다. '늙은 여인'이 아니라 '연대기적으로 앞선 여인'이라고 말할 것이다. 프레시오지테의 방식인 것이다. 그런데 그 반대가 가치 저하이기도 하다는 것은 맞는 말이다. 자기 수치심은 평등주의나 동정을 대신한다. 이때 완곡어법은 결핍어법으로 바뀐다.

예를 들어 몇몇 논설위원들에 의해 프랑스에서 기꺼이 적용되는 '중산층의 힘'이 있다. 사람들이 기억하는 바로서, 이 표현은 지스카르 데스탱에 의해 시작되었다. 그는 이 표현을 몹시 좋아했고, 그에게도 잘 어울렸다. 따라서 사람들이 자기 관점으로 본다는 것은 사실이다. 그런데 이 표현은 산정 가능한 정확도가 정치적 선택의 표현보다는 부족하다. 사실 여기에서 '중산층'은 '퇴폐적인' 것을 의미하고, '점점 더 위대할 수 없고 자발적일 수 없음'을, '충성과 굴복에 몸바침'을 의미한다. 이것은 경멸하는 말이다. 자기 자신에 대한 경멸보다는 동포들에 대한 경멸이다. 그들이 무엇을 하든, 그들의 역사가 어떠했든, 그들의 미래와 활기 그리고 창조력이 어떠했든간에 말이다. 근본적으로 사람들이 환상 속에서 스스로를 동일시하는 것만큼 가치 있는 사람들이 숭배하는 유일한 '위대한 힘'보다, 사람들이 모든 것을 판단하는 척도인 미국보다 못하기 때문이다. 이 목록에서 사람들은 '프랑스 본토의' '프랑스 대 프랑스의' '프랑스인다운' 같은 말도 마주친다. 우리의 친구인 이탈리아인들에게는 '이탈리에타'가 있다. 이것은 늘 부르주아 신사의 콤플렉스이다. 그는 건강한 공동체의 일원, 혹은 한 공동체와 자신을 맹목적으로 동일시하는 수직 상승중인 일원이다. 그러나 이러한 공동체가 있다고 해도 곧 사향길로 접어들게 마련이다. 간단히 말해, 크레틴병까지 겹친 패배주의자인 것이다.

사람들은 타인에게 상처를 주는 것에 대한 두려움, 혹은 자기 자신에 대한 두려움을 알고 있다. '올바른 용법'은 늘 거친 초자아를 가정한다. 마음속에 영원히 웅크리고 있는 매질하는 할아버지〔산타 클로스를 따라다니며 나쁜 아이들을 응징한다〕인 것이다. 그것은 더 이상 기쁨이 아니다. 그것은 말의 불쾌함이다.

그러나 가장 나쁜 것은 기호가 자신이 가리키는 것에 완전히 굴복할 때이다. 사람들은 더 이상 말뿐 아니라 생각도 두려워한다. 그리하여 터부와 갖가지 양상의 생각되어질 수 없는 것 가장자리에 있는, 또 그것에 **쫓기는** 이들은

보수 사상의 지뢰밭으로 들어선다. 그리고 마침내는 동요
하게 된다.

스캔들 일으키기

우선 스캔들이 한 예술가나 작가에게 중요한 목적이라는 점은 확실치 않다. 마지못해 일어나는 것이라는 점도 마찬 가지이다. 만일 이것이——**어떤 주장**, 그들의 지독한 오만 함을 **없애기 위해서**가 아니라 그토록 오만하다고 믿는 이 들에게 그들의 화려함을 줄이기 위해——남아 있는 유일 한 해결책이라면 말이다. 그리하여 소크라테스처럼 가오리 나 메두사·지네·황산·소금·장미의 거친 털, 재채기를 일으키는 가루를 작동시키기 위함이다. (기질에 따라, 선택 에 따른 은유이다.)

*

오늘날 사람들은 어떻게 스캔들을 일으킬 수 있는가? 사 랑의 열정은 거의 없고, 하물며 성적인 스캔들은 더욱 없 다.[16] 이에 대해 혹자가 말하는 것처럼 '모든 것은 끝났다.' 잘 해야 몇 가지 주변적인 행동들, 혹은 실패한 행동들을 기술할 수 있을 뿐이다. (아래를 보라.) 가장 명백하게 확인된 행동들 각각의 세부 사항에 관해 말하자면(종류: 일본 배나무, 터키의 드미 살토, 바티칸의 비굴함, 초가집에서의 크리스마스 등), X나 Y의 책들(18세기에서 현재에 이르기까지)은 매우 완벽하다.

아니면 이름을 대보라.

(예를 들면 20년 전 《리베라시옹》에 VXZ 375라는 가명으로 베이옹이 〈내가 파카디를 차지한 방법〉이란 제목의 글을 실은 것처럼 말이다. 이때 파카디는 그 잡지의 다른 공동 편찬자 이름이다.)

*

사람들과 장소, 여러 표시들의 진짜 이름을 대는 것이 잠정적으로는 여전히 약간 금기시되기 때문인데, 최근의 몇몇 소송들로 이 사실이 입증된다. (기초 미립자들에 대한 '알 수 없는 캠핑'이라고 일컬어지는 사건.) 사람들과 관련된 것으로는 아마 이루어지지 않았던 1913년경 앙드레 지드에 대한 방문을 이야기하면서, 혹시 내가 이런 예를 제시했던 이가 아르튀르 크라방임을 발설할지 모른다.

허구적 사실들 속에서 매우 생생한 존재들을 묘사하려는 경향이 배가되고, 미국화가 현재의 모습이기 때문에, 사람들은 대서양 너머에서 일어나는 일을 본떠 이유 없이 변호사를 고용할 수 있고, 그들은 즉시 소송거리를 발견할 것이다. 그리고 가장 나쁜 것이 확실하기 때문에 그들은 이

길 것이다. 여기에서 검열과 자기 검열이 생긴다. 이미 텔레비전에서 독촉장이 두려워 얼굴을 가리거나 흐리게 하는 일이 늘어나는 것을 보라. 사람들은 머리글자와 18세기의 ✱✱✱로 되돌아올 것이다. 오늘날 사람들은 아직 이렇게 쓸 수 있다. "우리의 영웅이 라일락 정원으로 들어갔고, 레지 드브레와 함께 쉬즈를 마시고 있던 필리프 솔레르스를 알아보았다." 그러나 곧 이렇게 써야 할 것이다. "우리의 영웅은 ✱✱✱로 들어섰고, Y와 함께 단 음료를 마시고 있던 X를 알아보았다."

사람들은 다른 이들의 책에 등장하는 일이 꼭 즐거운 것은 아니라고 말할 것이다. 그러나 분명 허구적 사실에 관련된 것이라면! 정치인들이 자기 정당을 **뉴스 속의 인형**으로 생각하듯이 이 허구적 사실을 자기 정당으로 여겨야 한다. 반대로 작가가 진실을 말하기를 요구한다면, 사람들은 언론에 대한 법적 틀 안으로 들어선다. 즉 반론 게재 청구권과 명예 훼손 소송에 대한 권리는 원칙적으로 가장 심각한 중상을 바로잡을 수 있다.

✱

이는 비록 당신이 구정부 체제하에서 일한다 해도 실명을 밝히지 않고, 특정인을 겨냥하지 않고서는 도처에 모든 소설 속 인물에게서 나타나는, 그리고 몰도발락 이야기꾼에 의한 그뤼예르산 치즈 구멍에 대한 묘사 속에서 자신의 모습을 알아보는 미친 사람들을 피할 수 없으리라는 것을 의미한다.

＊

진정으로 스캔들을 일으키는 것? 아마도 될 대로 되라는 식으로 '나쁜 생각들'을 이야기하는 것으로 충분할지 모른다. 그것은 최근에 르노 카뮈의 오늘날 **아주 멀리 갈 수 있는 곳까지 보고픈 욕정적 의도로**, 불가능한 것은 아니었다. (예전에는 식은땀이나 미지근한 땀을 흘리게 할 수 있었던 그의 **오드트릭**이 모든 계층들에서 금방 연구될 고전이 되기에 쉬운 위치에 처한 이상.) 《어둠이 내리다》는 스스로가 '자유롭게 움직이는 담화'가 되기를, 인용의 권리를 갖는 모든 '개념,' 심지어 가장 '보잘것 없고' '진부하며' '어리석고' '역겨운,' 혹은 '범죄적' 개념이 되기를 바랐다. (작가가 곧바로 단호하게 이 개념들을 물리칠 것을 각오하고.) 최초의 원고는 모든 출판사들로부터 거절당했다. 그러나 그 가운데 일부가 《무한》에서 출간되었다. 사람들은 거기에서 특히 프랑스인들의 냉혹한 면을 읽었다. 내 입장에서는 랭보의 뒤를 이은 것처럼 보였다. ("상인인 너는 흑인이다. 법관인 너는 흑인이다. 장군인 너는 흑인이다. 또 황제이고, 늙은 욕망인 너는 흑인이다.") 마찬가지로 레옹 블루아의 면모이기도 하다.

이 신문기고가에게 그것은 어쩌면 모든 내면의 기록들

──이것은 자아를 치료하는 의무실이다──이 다소 진실하다는 사실을 극단적으로 밀어붙이는 방식에 불과했는지도 모른다. 그는 거기에서 해방되면서 약간 동정적인 모습, 허튼 소리를 늘어놓는 마르고 소심한 모습을 드러낸다. (로토를 보라.) 거기에서 자기들이 살아 있는 동안 자신의 책을 내는 작가들의 용기 혹은 매저키즘이 생긴다. 결국 가장 지독한 스캔들을 일으키는 자, 그는 종종 작가가 자기 작품을 다시 읽을 때의 작가 그 자신이다.

*

전설적 원형은 생트 뵈브의 사후 수첩인 《나의 독기》(여기에는 이름들이 들어 있지만 출간되지는 않는다)이다. 이것이 스캔들을 일으키는가? 그는 "사람들 스스로가 목청껏 진실을 발설하기 시작한다면 사회는 단 한순간도 유지되지 않을 것이다. 사회는 끔찍한 굉음을 내면서 밑에서 꼭대기에 이르기까지 붕괴될 것이다"라고 쓴다. 그리고 더 나아가 "우리가 어떤 진실한 기록에 이를 때, 우리는 사람들이 비명을 지를 정도로 그들을 공격한다. 그들은 할 수만 있다면 당신들을 돌로 쳐죽일 것이다." 아마도 그들은 거기에 관련된 이들일 것이다. 하지만 다른 사람들(우리)은? 일반적으로는 빼앗긴 이들이다. 생트 뵈브의 '진실들'은 다음과 같은 것이다. 알렉상드르 뒤마는 '4열의 영혼'이고, 라마르틴은 '어리석은 자들 가운데 가장 매력적인 이'이며, 귀스타브 플랑슈는 '불결한 오염원'을 풍기고, '역하지만 달콤한' 앙셀로 부인은 그에게 '오래 전에 잊혀진 약병 안의 해묵은 노란 시럽의 효과'를 일으켰다. 퀴빌리에 플뢰리에게는 '표정과 정신면에서의 상스러움 같은 것이 있고,' 알프레드 미시엘은 '도토리더미 위를 달리는 돼지'이며, 외젠 펠레탕은 "마치 하얀 담비가 시궁창으로 미끄러지는 것처럼 문단에 들어섰다."

*

진정으로 스캔들을 일으킨다는 것(한 번 더)? 꼭 작가일 필요는 없다. 정치 논쟁에 들어서고, 예전에 사람들이 지배 이데올로기 혹은 독사(doxa)라고 부른 것으로 인해 터부시되던 말(잠정적으로) 가운데 하나를 쓰는 것으로도 충분하다. 팩스에서 이동 통신이나 영국 북부 NSA의 앵글로 아메리카의 '귀들'이 통제하는 인터넷 메시지에서, 앞으로 메시지 기록과 청취를 시작하는 이들처럼 그들은 이러저러한 일상의 자유로운 논단에서 보수적 사고를 수호하는 개들의 수사학적 보복 조치들을 일으키게 된다. 말은 곧 혀이다. 체제 유지적 말들은 갑자기 추락하고, 완곡어법은 갑자기 향상된다. 예를 들면(멀리에서 찾지 않더라도 알파벳 순서로) '자코뱅' '자유주의' '세계화' '국가' '서류 부재'가 있다.

수사학적 보복 조치들? 이 보복 조치들 전부는 강력한 아말감에 이르면서 간결해졌다. 치과 의사들로 말하면, 거기에서 그토록 강렬하게 터지기 때문에, 이 말에 결국 타인을 **납땜하려는** 의지가 있다는 뜻을 재부여하다시피 해야할 것이다. 논쟁을 벌이고, 의미를 풍기며, 논거를 제시하는 일은 부질없는 것이다. 더 이상 이른바 유사성과는 다른 점을 둔하게 하고 변형시키며 곤경으로 몰고 가서는 안 된다. 이 유사성은 궤변에서 욕설에 이르기까지 스탈린이나 나치의 지옥에서(혹은 이 둘 모두에서) 이 차이점을 추진시킬 것이다. "네가 아니라면, 네 동생이다." "네가 말하는 바가 아니라면, **사실은** 네가 생각하는 것이다" 등등. 사람들은 지적 논쟁이 보다 고상했던 역사적 시기들을 선호할지 모른다.

*

스캔들을 일으키는 순전히 문학적(혹은 예술적)인 방법? 그렇다. 하나가 있다. 세대에 따라 변하지만(발자크의 방법이 레스티프의 그것과 같지 않고, 셀린의 방법이 졸라의 그것과 같지 않으며, 울레벡의 방법이 사르트르의 그것과 같지 않다) 동일한 몸짓으로 일어나는 방법이다. 사실적이 되어야 한다. 사람들이 보여 주지 않는 것을 보여 주어야 한다. 수사학의 휴전이다. 즉 신성성을 박탈하고 세속화하며, 더 이상 조심스럽게 행동하지 않는다. 더 이상 수사학을 **행치 않는다.** 더 이상 감언이설로 꼬드기지 않는다. 더 이상 속이지 않는다. 현실에는 평평하거나 물렁거리는 가슴들이 있다. 그것을 말해야 한다. 탈망 데 레오는 시인 데포르트와, 그를 보호하던 페롱 주교가 어느 날 '가장 엄청난 파렴치한 짓을 저지르게 될 이'를 고용한다고 말한다. 탈망은 이렇게 쓴다. "데포르트는 저녁에 주교가 자기에게 '내 그것을…… 한 여인의 손에 묻었소──그리고 나는 그것을 아주 물렁거리게 했지요'라고 말했다고 한다. '그리하여 그가 이겼다.'" 이런 것이다. 스캔들, 그것은 물렁거리는 것이다. 그것은 물렁거리는 것을 보여 주는 것이고, 물렁거리는 것, 유연한 것, 사고력을 잃은 것, 실패한 것을 설명하는 것이다. 문학에서는 단단해져라. 즉 물렁거림을 써라.

내가 반복적 활력이라고 생각하는 것

잡지(만들기)

때이른 남서증〔濫書症, 무턱대고 쓰고 싶어하는 병〕의 가장 명백한, 수많은 안타까운 징후들(끈질기게 작가가 되려는 병, 종종 매우 열성적인 문학 교수들에 의해 전파된 병, 그러나 다행히도 이런 병은 소멸되고 있는 중이다)에서 잡지를 만들고픈 욕구가 생긴다. 이 글을 쓰는 저자는 할리우드의 거대한 사극 《쿠오 바디스》의 견해에 따라 루앙의 코르네유고등학교에서 11세 무렵 이 욕구에 사로잡혔다. 이 나이의 세 꼬마들과 더불어, 그 중 첫번째 아이는 스스로를 네로라 하고, 두번째 아이는 페트로니우스로, 세번째 아이는 루카누스라고 자처하는 가운데, 작가 자신은 스스로를 당연히 세네카로 여기면서 시를 쓰기 시작하고, 그에게는 이 시에 깜짝 놀란 대중들을 이용하고픈 마음이 들기 시작한다. '드문' 구독자들(잡힌 부모들과 볼모로 잡힌 학생들)에게는 아무 손해도 생기지 않았는데, 이 잡지가 적어도 5호를 발행했기 때문이다. 《라쥐르》는 젤라틴을 이용한 아주 오래 된 등사법 덕분에 1백여 권이 출간되었다. (이 방법은 오늘날까지 몇몇 전통 식당의 메뉴판에 이용된다.) 표지는 크레용으로 하나씩 채색되었다. (우리는 일요일마다 이 일을 하면서 보냈다.) 심지어 크로스워드 퍼즐도 있었다. 그러나 우리 집 주치의가 이 예술가에게서 갑상선 기능 항진 증세를 진단했다.

(군대) 잡지

저자는 자신의 첫 잡지를 보기에 (거의) 원숙한 나이에 이르렀다. (시장의 수상 친구 덕에) 미테랑력 7월 14일 변두리 구역에 마련된 토론회에서 말이다.

잡지(정기 구독 신청하기)

그것은 고등사범학교 입시 준비반의 여러 가지 즐거운 일들 가운데 하나였다. 중등교원양성소 장학금으로 《아르규망》(에드가 모랭이 주간인)과 《카이에 드 라 레퓌블리크》(피에르 망데 프랑스가 주간인)를 연이어 구독할 수 있었다. 완전히 다 구독하기 위해 아주 오래 전에는 《용감한 마음》과 《미키》, 그 다음에는 《틴틴》을 보았다. 그러나 이것들이 잡지였던가? 그리고 뒤의 두 잡지 비용을 대던 이는 할머니였다.

잡지(에콜 노르말에서)

저자가 울름 가의 이 학교에 입학했을 때——젊은 장 폴 사르트르가 귀스타브 랑송으로 위장되어 묘사되었던—— 호화판 잡지는 쓸모가 없어졌다. 사실 이 잡지는 매일 만 들어졌고, 모든 학생이 심각하게 그 자신을 위장했기 때문 인지도 모른다. 오로지 알튀세만이 자기 여자를 죽이면서 이 학교에 약간의 생기를 다시 주었다.

(포르노) 잡지들

이야기하려면 너무 길다. 다음으로 미뤄야 할 듯싶다.

잡지들(우연히 잡지 총서를 발견하다)

낯선 집에서 저자는 적어도 두 번의 강렬한 기쁨을 맛보 았다. 첫번째는 13세에 에스파냐의 사촌 집(《마리 클레르》) 에서였고, 두번째는 1968년 마가노스크의 한 여자 친구 집 (《라 파리지엔》, 50년대 '경기병' 잡지)에서였다. 첫번째에서 는 진정한 삶을 발견할 수 있었고(요리하는 법과 맘에 드는 방수 비옷을 고르는 법을 배우는), 두번째에서는 극좌파가 득세하던 시기에 소위 우파적 무례함을 발견할 수 있었다.

세리지 혹은 르 물랭 당데의 여러 방들에는 분명 《신프 랑스 문예지(NRF)》의 낡은 과월호들이 있기도 했다. 그것

은 유명해진 신참자들을 거기에서 발견하는 뜻밖의 일이
다. 매혹적인 왕자가 된——혹은 소처럼 크기도 한——개
구리들인 것이다. 세상 사람들은 《신프랑스 문예지》에 써
왔고, 쓰고 있거나 앞으로 쓸 것이다.

잡지들(의 유용성)

잡지는 고유의 시간성을 갖는다. 이 시간성은 때로는 문
학적 삶의 본질을 구축하기에 이를 정도로 책의 시간성에
일치하지만(1930년경의 《신프랑스 문예지》, 1965년의 《텔
켈》), 가장 빈번한 경우는 그 시간성이 평행적이고 부차적
인 것으로 남는다는 점이다. 이 모든 경우 어떤 식으로든
잡지는 독사에 비해 뒤로 물러선다.

잡지들은 작가라는 예민하고 취약한, 게다가 고조된 에
고나 병을 가진 존재들에게 다른 에고들과 평화적으로 공
존하는 법을 배울 기회를 제공한다. 다른 저자들에 대한 그
들의 비판과 주석·약주, 혹은 이 다른 저자들의 단순한 모
습을 게재한 이 잡지들은 모든 작가에게 시가 '한 사람에
의해서가 아니라 모든 이들에 의해' 만들어졌음을, 각자에
게 이웃들이 있음을, 문학은 늘 메타 문학임을, 늘 타자의
독서이자 비평이라는 사실을 잊지 않게 해준다.

문학은 조급함과 사회적 야망을 (약간) 막아 준다는 사
실을. 문학이 《재능 없는 남자》 초기의 뮈질처럼 미디어가
'뛰어난 경주마'에 대해 감히 말하는 시대를 비꼰다는 사

실을.

그렇다면 마구간인가? 어쨌든 문학은 갑문·클럽·대기실·준비실·시련기이다.

잡지(읽고 분류하기)

책에 비해 잡지는 상이한 체제의 독서와 분류를 책꽂이에 끌어들인다. 사람들은 책을 읽거나 읽지 않는다. 잡지는 절대 거의 다 읽혀지지 않는다. 레몬처럼 거기에는 아직 짜야 할 몇 방울의 즙이 늘 남아 있다. 분명 한 권의 책은 오로지 시작될 수 있을 뿐이다. 그러나 잡지는 다르다. 그것은 영원히 끝나지 않는다. 두번째 혹은 세번째, 수없이 여러 차례의 독서가 필요에 따라 상황에 따라 늘 가능하다. 그것은 열린, 마르지 않는 투자이다.

분류로 말하자면 상이한 주제와 다수의 저자들이 늘 이름의 알파벳 순서에 의한, 그리고 종종 정확한 장르별 분류를 막는다. 이로 인해 잡지 그 자체 혹은 다른 잡지들만 꽂을 수밖에, 특별한 코너를 만들 수밖에 없다.

잡지(에 글쓰기)

이것은 책 한 권을 쓰거나 일반적인 글을 쓰는 것보다 더 하고픈, 더 절실하고 특히 더 광범위해 보인다. 잡지와 책의 관계는 헤프고, 돈에 매수되기까지 하는 아름다운 사람과 그저 아름답기만 한 사람(분명 훨씬 힘든 일이다)과의 관계이다. 혹은 이 약주에 자기들이 내색 않는 태도를 보관하기 위해, 유원지의 전기 자동차를 한 바퀴 도는 것과 혼잡한 때 차로 파리를 가로지르는 것과의 관계이다. 이상적인 것은 무료로 구독하기 위해 자기가 좋아하는 잡지에 글을 기고하는 것이다.

잡지(를 이끌어 가기)

매우 솔직히 말하자면, 이는 사람들이 모든 기사를 읽는다는 사실을 보장하지조차 않는다. 이 때문에 거기에는 교정하는 이들이 있다. 그리고 어쩐지 모르겠다! 아마도 거기에는 아무도 결코 전체를 다 읽지 않은, 심지어 거기에 글을 **실었다는 이들**조차도 다 읽지 않은 호의 잡지들이 있을 것이다.

잡지(에 참여하기)

물론, 게다가 몹시.

내 머리맡의 책들

현재 내 머리맡 탁자에는 각기 권수는 다르지만 네 무더기로 분류된 98권의 책들이 있다. 책들은 한 권씩 시작되고, 다 읽혀지기 위해 약간의 시간이 걸리는 기적을 기다린다. 가장 최근의 책(이면서 가장 두꺼운 책)은 시오란의 《연구지》이다.

그러나 내 진정한 머리맡 책은 거기에 없다. 그것은 대여섯 번 출간된 판본들로(그 중 하나가 18세기 판본이다) 내 아파트 여러 곳에 있다. 그것은 몽테뉴의 《수상록》이다. 만일 우연히 혹은 처음부터 혹은 내가 제일 좋아하는 부분이자, 그 첫번째 장이 "누구도 **하찮은 일을 말하는 것에서 제외되지 않는다. 불행은 호기심 속에서 이 하찮은 일들을 말하는 것이다**"(그는 '진지하게'라고 말하기 원한다)로 시작되는 3권 이후부터 **상세하게 다시 읽겠다**는 경솔한 생각으로 이 책을 한 달에 한두 번 펼친다면, 이는 매우 놀라운 일이다.

그것은 내 여행 필수품, 저녁 시간의 내 정신적 즐거움, 젊은 날을 지탱해 주는 버팀목, 내 몰약이다. 거기에서 나는 모든 것에 대한 해답을, 모든 것에 대한 평정을 발견한다. 지혜와 미소를 말이다. 이에 따라 이셔우드나 리히텐베르크, 키츠나 코이레, 뮈질이나 피에르 라 폴리스 같은 모든 다른 사람들——아주 많은——이 그 영향 속으로 들어온다. 마치 기분 좋은 덤이나 햇빛 쏘이는 일처럼.

편지쓰기

2000년 3월인지 4월이었다.

친애하는 X,

옛날에 나는 편지 쓰는 일을 숭배했다. 요즘은 덜하다. 그러나 나는 이 매력의 이유들을 너에게 설명하기 위해 나 자신에게 부드러운 폭력을 행사하련다. 내 생각에 그 매력은 이런 종류의 글이 지니는 성격 자체를 확보한다. 결국 편지란 무엇인가? 거듭 용서를 바라건대, 말장난은 하지 않으련다. 나는 영혼과 상반되는 편지에 대해서, 알파벳만 나열한 편지들에 대해서는 아무 말도 하지 않을 것이다. 나는 고대인들의 편지, **에피스툴라**(epistula) · 에피스톨(épis-tole) · 플리(pli) · 상업 통신문 · 메시지 · 전보 · 연애 편지라는 의미의 편지에 대해 말할 것이다. 사람들이 자신의 마음을 전하는 작은 도구, 물질(작은 판 · 파피루스 · 양피지 · 모눈종이 기타 등)로서 뿐 아니라 내용, 그러므로 시니피앙의 측면이 아니라 **시니피에**의 측면으로서의 내용인 편지에 관한 것이다. 그렇다. 편지란 무엇인가? 너에게 대답하겠지만 아직은 다음과 같은 것을 명시하기 바란다. 여행 중에(가장 아름다운 편지는 여행중에 씌어진 것들이다) 나는 파리와 내 책들·잡지들, 사전과 내 이론적 자산들, 치클로프스키·야콥슨·바르트·주네트·토도로프·르죈과 다른 문학이론가들과 동떨어진 나의 단어로 너에게 편지를 쓴다. 그러므로 맨손으로 말하듯이 나는 위장되지 않은 생각으로 너에게 편지를 쓴다. 나는 샤토루에 있다. 이곳에서 시간은 회색과 갈색 사이에서 머뭇거리고, 데 코르델리에 수도원이 오후의 마지막 걸음을 울리며, 랭드르는 꽃들 사이를 천천히 흘러간다. 내 대답은 한 통의 편지가 무엇보다도 **수취인**의 어떤 조치라는 사실이다. 게다가 언어학자들이 의사 소통 행위의 양극 가운데 하나를 지칭하는 데 쓰는 이 말은 정확하게 말해서 우체국 용어들에서 비롯되고, 이는 아마도 이 한쪽 극이 편지의 경우에서 만큼 명백하고, 화려하게 연출된 어떤 부분도 아니라는 징후일 것이다.

편지의 경우는 우선 어떤 종류의 텍스트에서보다 더 제한되어 있다. 그렇지 않다면 더 한정되어 있다. 원칙적으로 한 통의 편지는 문자 그대로 **누군가**에게 가게 된다——나는 **한** 사람을 뜻한다. (진정 은밀한 것이라면, 이런 순서에서 내면의 기록보다 더 제한된 것은 없을 것이다. 말하자면 결코 그렇지 않다는 것이다.)——그리고 더 정확히 말하면 **다른** 누군가를 의미한다. 나는 쓴 사람과 다르다는 것을 의미한다. (여기에서 **엄밀한 의미로** 내면의 기록보다 더 제한적인 것도 없을 터이다. 그러나 그렇다고 해도 그것은 자기 자신, 본능적인 자기 자신을 대상으로 하지 않는다. 타자에게 말을 거는 것이기 때문이다. 그는 곧 그 자신이 '한 달 안에, 일 년 안에' 될 이, 그리고 그것을 다시 읽어볼 **타자**이다.) 적어도 잘 알지도 못하는(확실한 수신처 없이 보내는 경우) 어떤 이와 동등한 편지 수신인은, 그러나 때때로 수적인 면에서 월등할 수 있다. 즉 다수이거나 집단적이고, 혹은 확대될 수 있다. 다수의('사랑하는 부모님들' '내 소중한 아이들' '내 아름다운 여인들'), 집단적인('무기 상인들에게 보내는 편지' '약사들에게' '쾌락주의자들에게……'), 혹은 확대된(분명 한 사람에게 보내어지는 한 통의 편지는 다른 이들에 의해 읽혀진다. 더군다나 그것이 무례한 일이 아니라면 말이다. 너는 사람들이 큰 소리로 읽고, 묵인했던, 베꼈던, 그리고 **발신자가** 미리 그 사실을 알았던 17세기의 이런 편지들을 기억한다. 여기에서 신성한 후작 부인의 이름을 사례나 수단으로 정성스레 써야 하는가?) 편지가 되는 것이다.

나는 곧 다음과 같은 사실을 덧붙인다. 그 수가 아무리 방대하더라도, 한 통의 편지가 요구하는 수취인의 수는 근본적으로 한정된다. 편지는 많은 범주의 개인들에게 '개방'되었지만, 동시에 무엇보다도 그 규정상 **폐쇄적**이다. 얼마간의 내면을 누설하는 것을 출간하는 일에는 늘 일종의 스캔들이 있다. 아마도 거기에서 자신이 명백한 수취인이 아닌 인쇄된 편지를 읽으면서 사람들이 몇 번쯤 경험하는 가볍고 감미로운 유죄 의식이 생기는지도 모른다. (어쨌든 이것은 그런 일이 생기면, 네 어깨 너머로 어느 정도 드러나는 편지를 읽을 그들에게 내가 바라는 바이다.) 나는 오를레앙에 대해 너에게 편지를 쓴다. 희부연 하늘에는 마치 아르퉁〔1904-89, 독일 태생의 추상화가로 석판화로도 유명하다〕의 그림처럼 검은 줄이 쳐져 있다. 암수 새들은 숲 속에서 죽었다. 모두가 이 저녁의 권태에 대비하고 있다.

　수취인으로 되돌아가면 거의 한정된, 그렇지 않으면 극히 제한된 수취인이 두번째로 모습을 드러낸다. 아주 명백하게 말이다. 그는 현존하고 요구되며 명명된 사랑하는 X, 입증된 이이다. 이때 그는 순수하게 그리고 단순하게 축제의 왕, 사람들이 심문하는 자, 격렬히 비난하거나 애원하는 자가 아니다. 이것은 유능한 야콥슨——과 그 이전의 뷜러——이 능동 기능의 팽창이라고 부르게 되는 것이다. 우리가 이러한 기능들 속에 있는 이상 세 가지 기능(감정적·능동적·지시적인)과 야콥슨의 여섯 가지 기능(거기에 친교적 기능과 메타 언어학적 기능, 시적 기능을 더한), 어떻게 이 기능들이 편지 안에서 분배되는가? 나는 천공기 높이만큼 중대한 이것들을 쓰는데, 객차가 칸칸이 구분되지 않아서 단 1초도 그녀의 교육적인 행동들을 외면할 수 없었던 내 진홍색 의자에서 가장 가까운 가족의 어머니는 결국 참을 수 없는 어린아이에게 따귀를 갈겼고, 그로 인해 주변의 소음이 커진다. 그럼에도 불구하고 나는 이렇게 대답한다. 이 기능들 사이의 조제가 어떤 편지에서 다른 편지에 이르기까지 다양할 수 있었다 하더라도, 가장 자극적인 것은 감정적이고 능동적이며 친교적인 기능들이다. (결정적으로 사람들이 몰리에르에 대해 말하지 않았는가?) 달리 말하자면 발신인·수취인과 그들 사이의 접촉과 관련된 기능들인 것이다. 왜냐하면 이 피할 수 없는 친교적 기능은 거의 부정할 수 없어서 때때로 공간 전부를 차지하고, 그리고 어떤 편지들은 그저 거대한 "이봐, 내 이야기 듣고 있어?" 혹은 기이하게 "당신은 내가 말하려는 바를 결코 추측하지 못할 거예요!"에 그치기 때문이다. 이때의 이 기능을 통해 사람들은 독자가 잘 **쫓아가는지**, 또 카카오가 담긴 커다란 그릇인 척하기 위해, 혹은 세귀르 공작 부인이나 자크 라캉의 완벽한 작품들 속에 뒹굴기 위해 이미 가버리지는 않았는지를 확신하게 된다. 게다가 이른바 드 셰비네인 사랑하는 마리 드 라뷔탱 샹탈은 거의 3세기 이전에 우리에게 이런 분야에 있어서 넘어설 수 없는 모델을 제시했다. ("나는 가장 놀라운 것, 가장 뜻밖의 것, 가장 화려한 것, 가장 기적 같은 것, 가장 의기양양한 것, 가장 귀가 멍해지는 것, 가장 믿어지지 않는 것을 당신께 전하러 떠납니다……" 회고록을 인용하던 나는 유감스럽게도 여기서 멈춘다.)

나는 오스테를리츠 역에서 너에게 이 말들을 거의 다 쓴다. 우리는 점점 더 환해지는 도시의 변두리를 통과한다. 파리는 도시들 가운데 가장 빛나는 여왕의 자태로 우리가 그곳에 도착했음을 알린다. 밤은 청명하고 대기는 축축하며, 하늘은 궁륭처럼 동그랗고 검푸른 빛이다. 그리고 편지 속 수취인의 중요성에 대한 세번째이자 마지막 내용이 내게 떠오른다. 그것은 그 수취인을 환기시키는 구절들 혹은 문법적 형태들(직설법, 호격 등의)에 의해 이 수취인이 단지 **모습을 드러내지 않을** 뿐 아니라, 편지 자체가 **본질적으로 그 안에 품고 있는 이 미완으로 인해 수취인이 부재한다**는 것을 의미한다. 예외적인 경우를 제외하고 사실 편지 자체는 **대답을 구하고**, 문자 그대로(플라톤식으로) 변증법을 회복한다. 다가올 수령증의 무력감이 두드러진다 하더라도 편지는 매우 결정적이고, 매우 충격적이며, 매우 단호한 어떤 것도 가하지 않는다.

　나는 루아지로 보내는 이 편지를 다음날 계속한다. 공항의 쿠션들 속에서, 나는 다른 일련의 특징적인 서한문들에 내 정신을 **빼앗긴다.** 그 서한문들은 이전의 것들에게서, 남들이 자기 말을 듣는다는 사실에 신경 쓰는 발신자와 이미 다 씌어진, 혹은 메시지에 은연중에 씌어진 수취인과 특별히 근접한 것들에게서 흘러 나온다. 이 서한문들에는 사람들이 '톤'이라는 말로 포섭할 수 있는 음성학적, 그리고 감지하기 어려운 의미적 현실의 총체가 담겨 있다. 단수 2인칭 소유 형용사——그러나 이 2인칭은 의기양양하게 몸을 흔드는 이런 유형의 글에 잘 어울릴 것이다——인 '톤'이 아니라, 거의 음악적 단어로 이는 어투의 생생함, 문장의 길이, 단어의 선택, 화제의 배열, 담화의 상태(감탄적·명령적이거나 의문적), 이외에도 수많은 것들 속에 있는 내가 모르는 것을 지칭한다. 그리고 이것들로 인해 탐정 소설이나 학위 논문으로부터 **친밀한 서한문**을 구별할 수 있다. 그러한 톤인 것이다. 물론 나는 여기에서 문학애호가들의 흥미를 끌 기회가 있는 편지들만을 말한다. 다른 것들——특히 행정에 관련된 통지문들——은 매우 빈약하고, 신속히 기술된 암호에 복종한다. (《올바른 관용법 지침서》를 보라.) 흥미로운 편지——그 화려함과 편지로서의 정수 속에 있는 편지——가 오히려 암호의 부재(불가능한)에 의해서가 아니라면, 적어도 혼합적 암호들의 자유로운 공존으로 그 특징을 띨 것이다. 그리고 나는 유일한 옹호자의 편지들, 독특한 톤으로 씌어진 편지들이 있기를 몹시 바란다. 메르센 사제나 엘리자베스 공주에게 보내는 데카르트의 편지들은 마치 개별적인 철학 서설 같다. 이 편지들은 마치 볼테르의 《철학 서간(영국 서간)》처럼 '철학적'이었지만, 이들은 일반적으로 자유로운 형식——특히 여담에 할애되는 권리——을 지킨다. 이때의 자유로운 형식은 편지가 진지함 속에 푹 빠지는 것도, 소크라테스(그러나 그는 《향연》, 특히 《페드르》에서 그러한 자질을 드러낸다)가 매우 의심스럽게 여긴 일원론적 담화들 가운데 하나를 진정으로 구축하는 것도 막는다.

아마도 편지는 내용이나 표현면에서 무제한적이라고 말해야 할 것이다. 내용면에서 편지가 모든 것을 담을 수 있기 때문에, 마치 내면의 기록처럼 셰익스피어에 대한 고찰에서 비프 스테이크 가격에 이르기까지, 신에 대한 문장에서 때이른 사정(射精)에 이르기까지 차례로 모든 것을 다룰 수 있기 때문이다. 편지의 사적 위상은 안락함을 부끄러

위하지 않도록, 자기 검열을 은폐하지 않도록 한다. 표현면에서도 편지는 자기가 바라는 모든 것을 다 말할 수 있기 때문이다. 글쓰기의 모든 행복과 모든 일탈을 허락하는 것은 편지의 '윗도리 벗은' 측면, 그것을 읽는 이에게 즐거움을 주어야 한다고, '즐거움을 주고 감동을 주어야 한다'고 내가 말한 필요성과 결부된 측면이다. 즉 신랄한 공식들, 일화들, 쾌활함과 모든 종류의 과장들인 것이다. 과장법은 문채(文彩) 없는 유명한 담화가 특히 좋아하는 것이다. 모든 주제와 장르가 그 잡다함 속에서 번쩍거린다 해도, 사람들은 거기에서 기록과 어휘를 혼합한다. 사람들은 라모의 조카처럼 '기괴한 말투의 악마'로, 다시 말해 그가 (거의) 디드로에게 설명하는 것처럼 때로는 세상 사람들이나 문인들의 수다로, 때로는 시장 여자 상인의 말투로 자신을 표현한다.

　다른 것은 구조와 근접해 있는 것이다. (이미 나는 이에 관해 한 마디 한 적이 있다. 편지들에 대한 이 편지는 결정적으로 지극히 불안하다!) 편지는 무제한적이면서 무질서하기도 하다. 사람들은 분명 거기에서 어떤 계획을 따를 수 있지만, 그들이 **펜 가는 대로** 쓰고 있다는 것, 그리고 만일 지름길이란 개념이 나타나면 지나치면서 그것을 돋보이게 하는 것, 그것에 애정을 보내는 일이 전혀 금기가 아니라는 사실은 다 알려져 있다. "내 생각은 내 안의 창녀이다"라고 여전히 《라모의 조카》 서두에서 디드로가 말하는 것처럼 말이다. 모든 서간문 작가는 몽테뉴처럼 약간은 '펄쩍 뛰고 깡충깡충 뛰어' 간다. 매개물을 가장하여, 혹은 열광을 공유하기 위해 타자를 인용하는 것 ——혹은 (랭보가 폴 데 메니에게 "내가 당신에게 해주어야 할 한 시간의 새로운 문학 강의를 이제 해결했다"라고 말한 것처럼) 제 스스로의 말을 인용하는 것 ——도 금기는 아니다. 잉크도, 초콜릿도 없다면, 방문객 같은 사람이 나와 그 자리에서 이렇게 쓰고 말하는 일도 금기는 아니다. '6분 후에 계속 이어짐' 이라고 랭보도 견자의 편지 한가운데에 그렇게 쓴다.

⋯⋯사랑하는 X, 앞으로 여섯 시간 안에 나는 잠들 것이다. 도쿄는 나리타와 신주쿠 사이의 석양 속에서 거대하고 고요한 혼잡과 그 붉은빛을 지닌 채 늘 아름답다. 이때의 붉은빛은 마천루 높은 곳에 마치 있을지도 모르는 외계에 신호를 보내기 위함인 양 반짝거린다.

⋯⋯나는 막 랭보를 꿈꾸었다. 그에게는 동양적 얼굴이 있었고, 그는 거대했으며, 신도[神道, 조상과 자연의 힘을 믿는 일본 고유의 종교] 사원 위 ——아마도 바람의 바닥인 ——를 펄쩍 뛰어오르곤 했다. 그 편지들에 대한 추억은 나로 하여금 두 가지를 덧붙이도록 한다. 서간문의 형태는 당연히 1) 암시적이고, 2) 생략적이라는 것이다. 이는 말하는 대상이 무엇인지 알고 있는, 명확한 규명이 불필요한 편지의 독자 한 사람 혹은 몇 사람에게 말을 걸기 때문이다. 그리고 나는 사람들이 펜 가는 대로, 게다가 빠른 생각의 흐름 따라 모든 것을 말하고픈 의지 속으로 들어가면서, 뜨거운 석탄 위를 맨발로 서 있는 것처럼 인용문에서 암시로,

은유에서 은유로 달음질치며 쓴다고 말하곤 했다.

내가 어디에 편입시켜야 할지 모르는 두 가지가 더 있다. 하나는 사람들이 할 수 없기 때문에, 혹은 원치 않기 때문에, **감히** 누군가에게 직접 말을 걸 **수 없기 때문에** 편지를 쓴다는 것이다. 이것은 즉시 그 요소의 감미롭고 부드러운 기다림 없이는 간파될 수 없다. 이는 전자 메일——퀘벡 사람들이 적절히 일컫는 쿠리엘(courriel)——이 편지에 속하는지 내가 잘 모르는 이유이다. 그것은 매우 빨리 가고, 심지어는 전화처럼 동시적일 수도 있다. 또 다른 하나는 편지의 은밀한 특징이 두드러진다는 것이다. 그 특징이 일반적으로(적어도 종종 그랬다) 타자기의 무례함으로 여겨진다는 점에서 말이다. 타자기로 씌어진 편지들은 비서에게 구술된 것으로 여겨지고, 그리하여 더 거리감이 느껴지고 거의 공식적이기 때문이다. 사람들은 때때로 지드가 스스로 편지 몇 장을 타자기로 다시 치느라 많은 시간을 허비했다고 말한다. 그 편지들은 그의 생각에 수취인들이 손으로 쓴 원고에 기분이 상할 거라고 여겨지던 편지들이었다. 진정한 편지는 손으로 씌어진 것이고, 미숙한 필적학자들에게 우리가 아무 꾸밈없는 상태에 접어들었음을(이때의 글씨는 스트립쇼와 같다), 그리고 글자의 흔적이 단어들의 추상화에 가져오는 추가적인 누설 속에 있음을 제공한다.

그러므로 이제 편지는 금방 규정된다. 그것은 정확한 필요성에 의해——다급함이나 형식에 의해——말로 할 수 없거나 말에 대한 두려움 때문에 동기화되고, 정확히 한정된 수신자에게 발신자가 전하는 메시지인 것이다. 이 메시지의 언술에는 발신자와 수신자 사이의 개별적 발화 행위의 표시와 접촉 의지의 흔적이 앞다투어 나타나지만, 이 메시지에 특별한 암호가 없기 때문에 모든 이들을 다 받아들이고, 사적인 위상, 손으로 씌어진 특징에 의해 강화된 위상에 숨어 끝없이, 뒤죽박죽으로, 암시적이고 생략적이기를 원한다. 아마도 나는 몇 가지 더 있는 세세한 사항들을 잊어버렸는지도 모른다. 그러나 내가 너에게 이 글을 쓰는 우에노 정원에 어둠이 내리면, 나는 곧 내 편지의 독피지조차 더 이상 구분할 수 없을 것이다. 산책하는 이들에 의해 버드나무 가지에 경건하게 매달려 있는(마치 신에게 전하는 작은 편지들처럼) 종이끝은 아직도 조금 반짝거리고, 오리 울음소리와 여기선 보이지 않는 술집의 떠들썩한 음악 소리에 거의 방해받지 않는 침묵이 내 안에 미래에 대한 그리움을 마련한다. 네가 나에게 대답하게 될 기쁨을, 내가 너에게 먼저 설명하려고 했던 이 편지는 이렇게 끝이 난다.

건강하길.

작가로 살기

때때로 나는 스스로를 작가라고 생각한다. 그것은 계획성과 엄격한 시간표를 요하는 기쁨이다. 보통 나의 하루는 내가 깊은 잠에 빠져 있는 밤에 시작된다. 2시 34분에 나는 첫번째 불면증을 겪고, 바흐의 칸타타(일반적으로 BWV 84)를 메자 보체(낮은 소리)로, 그리고 독일어로 부르고, 완두콩을 까면서 그 시간을 활용한다. 3시 16분에 나는 다시 잠든다. 내 두번째·세번째 불면증이 3시 18분인, 2분 후에 거의 동시에 일어나지만 내가 느끼기엔 너무 일찍 끝나 버린다. 그것은 프루스트처럼 "나는 잠이 든다……"라고 중얼거릴 수 있는 시간에 불과할 것이다. 나는 오후 3시 6분경에 잠이 깬다. 나는 풀장에 코를 박고(풀장이 있기를, 그리고 언젠가처럼 코를 깊은 흙덩이에 박지 않기를 하늘에 기원하면서), 다시 칸타타(이번에는 포레의)를 부르면서 삶은 달걀 세 개과 꼭지 자른 파슬리 잎을 먹고, 기침 때문에 ──이보다는 방지를 위해 ──시럽을 한 잔 가득 채워 마신다. 그리고는 4시 28분 정각에, 보통은 놀랍게도(특히 나 자신이 놀랄 정도로) 갑자기 쓰기 시작한다. 나는 단조롭게 단숨에 66페이지 반을 써내려가고, 또 매몰차게 찢어 버린다. 그 다음 67페이지는 만족스럽다. ('z'에 이를 때까지 계속해서 26 'a' 26 'b' 26 'c'를 적어넣는다면——그 이상은 아니다——매우 만족스럽기까지 하다. 이는 주된 속박으로 이 때문에 나는 현재 쓰고자 하는 소설에 천착하게 된다.) 후작부인의 시간인 오후 5시에, 나는 (일기 예보대로) 나비를 잡으러 가거나 가재를 잡으러 나간다. 몇 번인가 저녁 8시 10분 정각에 나는 사슴 울음소리를 듣는다. (지금까지 어떠한 성공도 거두지 못했다는 것을 고백하자.) 그렇지 않고는 특별한 일은 아무것도 없다. 나는 저녁 9시에 돌아와(게다가 전혀 그렇지 않을 때도 있다), 몇 군데를 씻고 지구 반대쪽으로 두세 통화를 하고는 '꼬끼오!'(혹은 짝수날에는 '제로니모!') '됐어!' '오늘 하루도 다 갔군!' 하고 외친다. 마치 젊은 랭보가 그랬던 것처럼.

학창 시절의 단체 사진

　사람들이 수업중에 우리를 찾아오곤 했다. 교수, 보통은 주임 교수와 사진을 찍어야 했기 때문에 당연한 것이었다. 어떤 학교에서는 그 전날 예고를 받아 당일 아침 특별한 주의를 기울여 옷을 고르고, 포마드를 바르고, 오른쪽이나 왼쪽에 가르마를 탈 수 있었다. 가장 흔한 경우는 갑자기 일어나는 경우로, 그들은 할 수 없이 있는 그대로의 차림으로 단지 빗질만 할 뿐이었다. 이 일 때문에 보충 수업이 이루어졌고, 그들은 몸을 부르르 떨었지만 이 일의 성대함——집단에 대한 그리움이 약간 서린, 후계자에 대한 모호한 감정——이 아이들의 야유를 가라앉히곤 했다.

　사진사는 보통 르발루아페레에서 왔다. 나는 가장 멀리 떨어져 있는 루앙·비아리츠·보르도·파리의 학교에서 8년 동안 찍은 사진을 다시 본 적이 있다. 사진사는 여전히 르발루아페레에서 왔다. 파리 지역의 적은 수의 스튜디오들이 프랑스 전역의 고등학교와 중학교를 맡도록 허가받아, 이동 장비들과 심지어 유일하고도 성능 좋은 나다르를 1년 내내 끌고 다녔다는 점을 생각해 보자. 사진사가 어떤 사람이건간에, 그는 혼자이거나 조수 한 명을 데리고 자신의 일을 준비해 왔다. 의자들과 벤치들이 교실 한구석에서 우리를 기다리곤 했다. 우리는 키 순서대로 서서 얼굴을 찡그렸다. 첫번째 줄에는 가장 작은 아이들이 앉았고, 조금 큰 아이들은 벤치에 섰으며, 제일 큰 아이들이 마지막 벤치에 섰다. 이처럼 미학——균형과 센티미터의——이 순서를 부여하곤 했는데, 이 순서는 공통점과 장점의 일상적 순서에 어긋나곤 했다. 30대에 친구가 될 이들은 서로 헤어졌고, 경쟁자 혹은 적들이 나란히 서곤 했다. 미래의 우등생은 군중 속으로 사라졌다. 열등생은 키가 몹시 작았기 때문에 인기 있는 교수 옆에 설 수 있었고, 혹은 키만 크고 볼품 없는 여학생은 학구적인 이 의자 더미의 꼭대기를 상징할 수 있었다.

거기에서 기이한 조직체가 순간적이지만 생생한 그림을, 시각적인 표현을 끌어냈다. 한 반이라는 이 밀림, 이 소용돌이, 이 프리메이슨단, 메아리와 웃음으로 가득 찬 이 방, 우연하고도 필요한 단위——자의성은 필요성이 된다——가 휴식하는 사이에 말이다. 자지러지는 미래의 웃음들, 긴 연민은 잠깐 사이에 작은 새가 벗어나려는, 그리고 벗어난 순간에 이런 식으로 마련되었다. 그 사이 사진사는 잠깐 그의 검은 두건 속으로 사라지더니 밝은 데로 다시 나타나 셔터를 눌렀다.

결과는 사진 자체라는 시한폭탄이었다. 그러나 거기에는 독특한 빛이 수반된다. 어떠한 것도 사랑받는 사진만큼 그들의 찬란한 젊은 시절을, 혹은 그들의 친절한 기운을 뒤흔들지 않는다. 사진으로 인해 욕망이나 행복의 은밀한 고고학이 끊임없이 작동될 수 있다. 그것은 향수를 표시하는 항만 해안 지도이다. 학급 사진은 다른 식으로 사로잡는데, 거기에 사랑만 담겨 있기 때문에 그럴 것이다. 이 매끈한, 억지로 미소를 띠고 있는, 흔히 법 없이도 살 수 있을 것 같은 선한 얼굴이라고 말할 수 있는 얼굴들 사이에 때때로 얼마나 많은 긴장이, 열망과 경멸이, 잔인함이 있는지! 어떤 아이는 부당한 방법으로 내게 도둑 누명을 씌웠고, 어떤 아이들은 나를 괴롭히거나 갈취했으며, 나는 어떤 여자아이, 남자아이를 좋아했다. 오후에 사진을 찍은 비아리츠의 학교는——간단히 말해 롤랑 바르트가 그곳의 교사로 있었던, 프랑스의 일류 남녀 공학 고등학교 가운데 하나였다——외제니 황후나 그 측근이 소유하고 있던 몇 채의 건물과 조립식 건물로 이루어져 있었고, 학교 일부가 장미나무로 뒤덮인 채로 화려한 공원에 세워져 있었다. 우리는 예쁜 여학생 없이도 지낼 수 있다고, 또 어떤 아이의 얼굴이 그 패거리에게 예쁜 여학생의 얼굴을 상기시킬 수 있을 거라고 추측한다. 우리는 처음으로 담배를 피웠고, 삼삼오오 모여 《에로티카》를 읽었으며, 가벼운 이성 교제를 했고, 정치에 대해 토론했으며, 해변으로 가려고 무단 외출을 하곤 했다.

때때로 이와 반대로 매일, 매시간 이 친구들은 우리에게 화성인이 되었다. 이 작은 적갈색 머리카락의 소년, 이 키

비아리츠 남녀 공학 고등학교(1957-58)

가 크고 금발머리를 땋아내린 여학생 이름이 뭐였지? 그
러나 우리에게 아무것도 말해 주지 않는 학급 사진들은 거
의 없다. 상형 문자들은 늘 로제타석(1799년 로제타 부근에
서 발견된 석편(石片)으로 고대 이집트 문자 해독의 단서가
되었다) 위에서 말한다. 우리가 다시 만나면 소란이 시작되
었다. 이 아이는 브르타뉴의 교사가 되었고, 그 아이는 프
랑스 2의 영화책임자가 되었어. 이 아이는 공증인이 되었
고, 그 여자아이는 탐험가가 되었지. 심지어 이따금 어떤
아이들은 유명 인사가 되었다. 그러면 이상한 로르샤흐 회
상 테스트가 시작된다. 이 테스트에서 이 빛나는 눈이나 음
울한 분위기, 머리카락이나 입가의 작은 주름 속에서 스타
나 장관의 운명을 예감하게 된다.

  이 테스트는 다른 반 사진들로도 가능하다. 몇몇 사진들

이 유명한데, 일어날 법하지 않지만 이 사진들은 두세 가지 미래의 영광을 단번에 결합시킨다. 1887-88학기 알자스 학교에 다니던 어린 앙드레 지드가 앉은 피에르 루 뒤에 서 있는 것처럼 말이다. 혹은 고등사범학교의——단체 사진을 찍던 예전에——1878년 입학 사진에는 콧수염에 눈을 반쯤 감고 서 있던 앙리 베르그송이 수염난, 앉아 있는 장 조레스와 짝을 이루고 있으며, 일반 사진에는 1925년 레이몽 아롱 · 장 카바예 · 조르주 캉길렘 · 알프레드 카스틀레 · 블라디미르 얀켈레비치 · 폴 니장 · 장 폴 사르트르와 몇몇 다른 이들이 모여 있다.[17]

그들은 아직도 어울리지 않는다. 때때로 가까이 있는 이들은 훨씬 우스꽝스럽다. 같은 학교의 1929년 사진(이 사진이 찍혔던가?)에서 나란히 있는 이는 자크 수스텔과 르네 에티엥블이었을 것이고, 1930년 사진에서는 제4공화국 말 진보적 사회주의 장관이 되는 르네 비릴에르와 제5공화국 초기 두번째 대통령이 될 조르주 퐁피두가 나타났을 것이다. 많은 미래의 정적(政敵)들을 보여 주고, 하나 이상의 사실에 대한 시라크와 로카르 · 파비우스 · 쥐페의 근본적 이데올로기의 관계를 피상적 차이들을 넘어서 어떤 주장보다 훨씬 신속하게 **보여 주는** 국립행정학교 사진들에 대해서는 뭐라고 말해야 할까?

사진 속의 인물이 어릴수록 그를 구분하기는 매우 어렵다. 거기에서 이 '맨 뒷줄의 왼쪽에서 두번째'나 전기(傳記) 속 설명에서 선택된 이를 지칭하는 조심성 없는 흰 십

자가들이 생긴다. 그리고 여러 가지 놀라운 사실도. 7년 전 사진 속에서 교복을 입고 로사 드 샤를빌기숙학교 학생들 가운데 첫번째 줄에 이마를 찡그리고 있던 작은 초등학생에게서 카르자 사진의 열일곱 살 먹은 순진한 아이가 〈취한 배〉의 저자임을 누가 알아볼 수 있을까? 1884-85년 쿠르브부아의 공립학교에서 포즈를 취하는, 장차 럭비 선수가 될 턱을 가진 갈색머리 꼬마에게서 과연 누가 50년대 이빠진 염세주의자를, 퐁트네 오 로즈의 까다로운 은둔자인 로베르 말레, 간단히 말해 로토와의 여러 차례에 걸친 라디오 대담에서의 익살스러운 영웅을 발견할 수 있는가? 그리고 1931년 울름 가에서 찍은 단체 사진에서 외눈 안경에 높고 검은 모자를 쓴 젊은 루이 푸아리에로부터 누가 신중한 줄리앵 그락을 추측할 수 있을까? 어느 정도 신속하게 눈에 보이는 방부 처리 역할을 하는 사진이, 우리에게 단지 시력을 잃은 생존해 있는 인물들만이 아니라 그 세대에서 먼저 죽은 이들까지도 보여 줄 때, 놀라움은 조심스러운 감정으로 대치될 수 있다.

이 사진들의 뒷면 역시 중요하다. 사진 앞면에 줄지어 서 있는 학생들의 이름을 차례로 읽어 가면서, 가장 신중한 이들은 앞으로 생길 끝없는 난처함을 줄인다. 게다가 어떤 반, 특히 그랑제콜 준비반의 경우 학생들의 얼굴과 이름이 충분한 흔적이 되지 않는 듯이, 어느 정도 그들과 말을 나누어야 하는 듯이, 흔히 있는 일은 그의 **옛친구**들과 가장 가까운 이들에게 —— 모든 종류의 서약과 칭찬, 짓궂은 말

——헌사를 부탁하는 것이다. (페도 작품에서 말하는 것처럼 말이다.)

이처럼 뚜껑 달린 크림색 종이 상자 받침대 위에 있는, 흑백의 이 기념물들(오늘날에는 칼라이지만)은 추억과 측은함이라는 이중 작용을 제공한다. 고독한 승리를 나타내는 졸업장의 양피지보다, 이 사진들이 인생에서 가장 중요하고 가장 민주적인 시기들 가운데 한 시기의 집단 축하를 확실하게 보여 준다. 이 사진들은 소기관들 가운데 하나의 특별 봉인이다. 스카우트단에서처럼 합창대, 축구 클럽, 군대의 연대에서처럼, 거기에서도 연대감은 고독감을 이기고 사회적 응집력이 완성된다. 1헥타르씩, 그리고 거의 1평방미터씩 정확한 지구의 사진을 전송하는 스포트 위성 대신에, 이 사진들은 3,40명의 인원들로 세대별 모든 사회 계급들을, 모든 신념과 서로 뒤섞여 있는 키와 머리 색깔들을, 한 사회의 정확한 이미지를 제공한다. 그 구성원들이 함께 포즈를 취하기 위해 충분한 훈련을 한 순간, 사진을 사기 위해 공통의 자부심을 충분히 경험하는 순간에 말이다. (대학에는 단체 사진이 없다. 아마도 사진을 제대로 찍을 수 없다는 사실을 말해 주는 가장 확실한 표시일 것이다.) 사진을 통해 (이때 정확히 말해 학교에서) 자신을 위협하는 모든 위험들을 망각하는 적분적 공화국은 낙관적이고 정돈된 거울 쪽으로 향하게 된다. 상징적 기쁨들은 가장 지속적이면서 그것들을 정당화하는 것을 무너뜨리는 것에 오래도록 저항한다. 유연한 세속성을 극복하고, 사진 자체를 부당하게 의심하는 새로운 종교적 보수주의자들이 아니라면 언젠가 암실 앞에 전시된다는 사실을 비난하지 말라. 단체 사진에는 아직 아름다운 미래가 남아 있다.

영화 보러 가기

영화는 내 가장 오래 된 즐거움 가운데 하나이다. 내 유년의 첫번째 기억이 영화에 대한 기억이라고 말할 수 있을 것이다. 우리는 아르브 근처 볼벡에서 살고 있었고, 때는 상륙과 해방의 포격이 잦았던 시기이다. 고약한 초대작 같으니! 하루가 **그야말로** 가장 지루한 나날들이었다! 그때 어쩔 수 없이 애송이 영화광이었던 나는 그다지 만족스럽지는 않았다. 사람들이 한밤중에 내 동생과 나를 깨워 서둘러 옷을 입히고는 정원을 가로질러 내 아버지가 콘크리트로 만들어 놓은 피난처로 데리고 갔던 일이 ──그것은 반쯤은 피라미드 같은 것으로, 우리는 그외의 시간을 그 위에 기어올라가 점점 더 재미있게 놀았다──그리고 이 최초의 역사물을 맹목적으로 경험하기 위해 우리가 짚더미를 본부로 삼았다는 것이 생각난다.

영화에 대한 내 진정한 첫 기억은 '아모르! 아모르! 아모르!'라고 노래하던, 어두운 색깔의 꽉 끼는 긴 드레스를 입은 여인의 흑백 이미지이다. (내가 이해하지 못한 소리였지만, 거기에서 장례식 분위기를 느낄 수는 없었다.) 그 다음 또 한 번은 정글 속 컬러 화면의 모글리였고, 또 한 번은 숲으로 도망가는 밤비였다. 뒤의 두 이미지들——혹은 적어도 둘 가운데 하나——에는 불이 수반되었고, 아마도 나는 이 위협적인 불이 내게 불어넣었을 공포감이라는 이유만으로 그것들을 기억하는지 모른다.

여러 차례의 포격과 끔찍한 여가수, 그리고 화재들. 사람들은 내게 영화가 우선 수많은 재앙들의 연속 속에 각인되었다고 생각한다.

사실 우리 세대——그것을 슬퍼해야 할까? 나는 그것을 다시 즐기고픈 유혹을 느낄 것이다——는 훨씬 더 독서(나는 알렉상드르 뒤마·쥘 베른·《스위스의 로빈슨》·폴 페발·귀스타브 에마르를 읽었다)와 라디오(자피 막스·장 노엥·《뒤라통 가》·《벤치에서》·《미래의 여왕》·《미스테리의 거장들》……)에 가까웠다. 텔레비전이 나오기 전 마지막 세대인 것이다.

이 일을 제외하고——우리는 루앙으로 이사했고, 내 부모는 소위 별거 상태였다. 나는 예닐곱 살이었다——영화는 공립초등학교에 다니던 시기에 내게 다시 출현했다. 방학 하루나 이틀 전날 밤에 말이다. 덜덜거리고 삐걱거리는 낡은 투사기——혹은 마법의 등이었던가?——는 현혹된 우리의 눈에 지도와 노젓는 원주민들, 세네갈의 용감한 원주민 보병들과 함께 프랑스령 서부 아프리카나 적도 부근의 프랑스령 아프리카의 다소 정지된 이미지들을 보여 주곤 했다. 내가 '현혹된'이라고 말한 것은 잘못이다. 내가 보기에 거기에는 색깔과 움직임이 결핍되었다.

얼마 후 내 삶에 시네 클럽이 들어왔다. 우리를 데리고 가지 않는, 엄마가 가던 클럽들이 있었다. 그리고 다음날 엄마는 우리에게 영화 이야기를 해주곤 하였다. (그녀가 상세하게 들려 준 《흰 양복의 사나이》는, 1980년 12월 저녁 볼로냐의 에노테카에서 장 에스타슈가 장면장면을 상세하게 기술한 《현기증》과 더불어 영화에 대한 내 가장 아름다운 간접 기억들 가운데 하나이다.) 엄마와 함께 갔던 시네 클럽들도 있었는데, 그것은 보통 노르망디 에퀴에르 가에서 일요일 아침에 있었고, 보통은 예술이나 동물에 관한 영화들이 《벵갈의 병사들》·《헨리 5세》(로렌스 올리비에 출연)·《드 크락 후작》·《지위가 높으면 덕도 높아야 한다》 같은 당대의, 혹은 그 전시대의 몇몇 '걸작들'이 더 많이 상영되었다. 그 시간에 우리 할머니의 장난감 가게에서 몇십 미터 떨어져 있던 데 카르메 가의 시네 프랑스에서는 《어린 풀》·《제3의 성》과 '16세 미만 금지'의 다른 영화들이 상영되었는데, 이런 팻말들은 내가 속해 있었던 6학년이나 5학년 아이들을 몹시 충동질했다.

1952년, 내 생각에 루앙에서는 중요한 사건이 일어났다. 커튼과 벽·의자와 내가 보기에 여직원들까지 모두 회진주빛 빌로드로 단장하고, 수천 개의 좌석을 갖춘 화려하고 거대한 롬니아가 개관(혹은 재개관)한 것이다. 우리 가족이 부르빌이 여주인공이었던 《노르망디의 시골 동네》를 보러 갔던 일이 생각난다. 거기에서 나는 아주 매력적인 젊은 신인 여배우를 주목했다. (내가 이런 종류의 영화에 끌린 것은 그때가 처음이었다. 그러나 나의 호감은 성적인 것이라기보다는 미적인 것이었다.) 그녀의 이름은 브리지트 바르도였다. 얼마 후 우리 학교 시상식이 이루어진 것도 그 극장에서이다.

1953년, 5학년 A^2의 두 친구들과 내가 이미 말한 적이 있던,[18] 머빈 르로이(내가 아주 한참 후에 이 이름을 발견했다는 것을, 그리고 그때 우리가 데보라 카·로버트 테일러·피터 우스티노프 같은 스타들 이름에만 관심을 쏟았다는 사실을 이야기해 봤자 소용 없다)의 《쿠오 바디스》라는 영화를 보러 갔던 곳이 그곳인가, 혹은 잔 다르크 가(街) 아래쪽의 아름다운 현대식 극장인 레덴인가? 어쨌든 이 영화는 몇 개월 동안 우리 생활에서 떠나지 않았고, 결정적으로 라틴어와 문학에 대한 취향을 고양시켰다. 우리는 함께 가서 그 영화를 보지 않았고 가까스로 이해할 뿐이었다. 그러나 그 영화의 인물 이름을 각자 맡으면서(나는 세네카였다), 2주도 되지 않아 우리는 문학과 음악 그룹을 만들었다. (결국 우리 중 한 명은 작곡을 했고, 불길에 휩싸인 로마 앞에서 피터 우스티노프가 부른 〈오! 오! 뜨거운 불길이여!〉 때문에 그는 결국 네로를 자처했다.) 내가 말한 것처럼 《라쥐르》라는 잡지가 만들어졌고, 수 개월 동안 우리의 독자들(부모와 다소 빈정대는 친구들)에게 우리의 서투른 시인·이야기꾼 혹은 삽화가로서의 최대한 신선한 재능을 제공했다. 이 잡지에 나는 내 최초의 12음절 시를 발표했다.

거의 비슷한 시기에 우리 가족은 휴가의 일부를 프레쥐 가까이의 생 테퀼프 야영지에서 보냈다. 그곳에서 1주일에 두 번, 한 야외 극장에서 캠핑하는 이들을 위해 파뇰의 3부작이나 《검은 옷 입은 여인의 향기》·《노란 방의 비밀》을 상영했다. 이 시기의 나는 엄청난 낙담에 대한 두 기억을 간직하고 있다. 사실 어떤 날에는 주머니에 돈이 없거나 충분히 똑똑하게 굴지 못해서 우리는 영화를 보지 못했다. 그런 날 가운데 하루였던 어느 날 저녁, 공기 매트리스에서 잠을 이루지 못하는 내가 지금도 보인다. 바람에 실려 갈매기 울음소리와 뒤섞인 레뮈와 오란 데마지의 목소리가 내게까지 이르러 나를 비웃었다.

내 유년기의 낙담 가운데 가장 지독한 기억 중의 하나 역시 영화와 관련 있다. 다른 자리에서는 장소와 이름을 바꿔 가며 이 기억을 말해 왔다. 그러나 그 일은 당연히 루앙의 나와 관련된 것이었다. 어느 화요일 이모가 우리 집에 왔고, 나를 즐겁게 해주고 싶었던 그녀는 우리가 함께 오후 시간을 보낼 수 있을 온갖 종류의 재미있는 일들을 열거했다. 내가 정말로 하고 싶던 유일한 일을 제안할 생각은 하지도 않고서 말이다――내가 몹시 그리고 거의 참을 수 없이 하고픈 것은 《꼽추의 아들》(혹은 《라가르데르에 대해서》――내가 확인할 수는 없지만, 이것은 르 사둘이나 《라루스 영화 사전》에 실려 있지 않은 영화이다)을 보러 가는 것이었지만, 부끄러워서 한순간도 감히 이모에게 자진해서 그 뜻을 비치지 못했다. 나는 이모가 그날 저녁 가기를 바랐다. 그것이 영화가 내게 얼마만큼 절실할 수 있는지를 내게 가장 잘 경험시켰던 사례들 가운데 하나라는 것을, 그리고 어쩌면 적어도 몇 년 동안 나로 하여금 영화에 대해 가혹한 비판을 하게 만든 사례들 가운데 하나라는 것을 알면 아마도 이모는 마음을 놓을 것이다.

영화관에서 먹기

메뉴
전채 요리: 먹으면서 보는 영화
오늘의 요리: 화면상의 요리와 실제 요리
치즈와 후식: 음식물로서의 영화

전채 요리

먹으면서 보는 영화

한 여자 친구에게 영화는 '배고픈 두 시간'이다. 사실 그녀는 저녁 8시 영화를 선택하고, 그 다음에 밤참을 먹는다. 이 해결책은 두 가지 불편함을 제공한다. 밤에 위에서 꾸르륵 소리가 나고, 밤 10시에 극장에서 나설 때 사람들이 매우 좋아하는 싸고 맛있는 식당은 이미 문을 닫았다는 점이다. 그러나 한 가지 이점은 있다. 배고픔 때문에 식탁 장면들에 대한 탁월한 감식가가 된다는 점이다. 그리고 때때로 영화는 영화가 끝난 후 어떤 음식을 먹어야 할지를 제시한다. 《감각의 제국》이 끝난 후에는 생선회를, 《아라비아의 로렌스》가 끝난 후에는 쿠스쿠스(밀가루를 쪄서 고기·야채에 매운 소스를 얹어먹는 북아프리카 아랍인의 전통 요리)를, 《바데트의 향연》 후에는 거북이 수프를.)

다른 해결책은 미리 먹어두는 것으로 불편한 점이라면 졸릴 위험이 있다는 것이다.

몇몇 관객들이 영화가 상영되는 동안 먹는 쪽을 선택하는 것은 이런 딜레마를 피하기 위함이다. 특히 미국인들, 타이완 사람들, 초콜릿 아이스바 애호가들, 앙드레 브르통과 자크 바셰, 그리고 몇몇 실험영화인들의 범주를 인용하자.

이런 행동의 민족학자로 자처하기를 주장할 이에게 어려운 점은, 먹거나 영화를 보는 것 가운데 지금 중요한 행위가 무엇인가를 결정하는 일이다. 많은 경우 의심의 여지없이 그것은 먹는 일이다. 당신에게 제공되는 샐러드와 파이들이 마치 덤으로 곁들여 나오는 음식처럼 벽 옆에 샤를로나 버스터 키턴의 영화를 돌리는 카페-레스토랑——60년대 몬트리올이나 뉴욕에 있었던——에서처럼. (사실 무성 영화가 더 좋다. 영화로 인해 손님들의 목소리가 들리지 않는 것도 아니고, 게다가 음식물 씹는 소리가 안 들리는 것도 아니다.) 다른 경우들에 대해서는 말하기가 더 어렵다. 공간이 부족한 도쿄에서 영화관은 정오 타임에 흥행 수입을 올린다. 사실 사람들은 시원한 그곳에 앉아 조용히 도시락을 먹을 수 있다. 그러나 우리가 나열한 것들로 되돌아오자.

α) 미국인들: 미국식 생활 방식이 세 배나 큰 고물차에

서 할리우드 영화와 닭 바베큐를 소비하는 것이라고 자처하는 **드라이브 인 극장**에서 우유에서 팝콘에 이르는 달콤하지만 역겨운 내음이 늘 감도는 폐쇄된 극장에 이르기까지, 미국은 아마도 돈벌이라는 영화의 성격이 가장 거대하고, 글자 그대로 **자연 그대로** 가장 확실한 나라일 것이다. **자연에서, 게다가 집에서 TV를 보면서 하는 저녁 식사(TV dinner)**는 이 두 종류의 결합을 드러내는 매우 섬세한 가정용 버전이다.

b) 타이완 사람들: 나는 타이완을 말하지만, 이는 곧 전세계가 될 것이다. 타이페이예술학교 학생들의 카페테리아에 들어섰을 때, 우리의 귀는 홀 구석마다에 크게 켜진 석대의 텔레비전 소리에 포위될 것이다. 우리의 견습예술가들은 **골도락(Goldorak)** 유의 초보적이고 격렬한, 중세적-외계 만화 영화들인 이 **일본제** 수프 없이는 국수나 새우 수프를 먹을 수 없는 듯이 보인다.

타이페이에서 최근의 유행을 만드는 것에 심지어 눈과 입이 결합하기도 한다──**어려서부터** 텔레비전 호르몬에서 자양을 얻는 세대의 피할 수 없는 운명이다── '엠티비'라고 부르는 아주 새로운 시설들, 멋쟁이들을 오히려 더 마주치게 되는 장소들, 그곳에서 차가운 차를 홀짝홀짝 마시면서, 그리고 눈으로는 비디오로 녹화된 조각 화면들을 어렴풋이 좇아가는 그들은 혼자, 혹은 소집단으로 자기가 선택한 비디오를 볼 수 있는 작은 방에서 안락한 소파에 길게 누워 혼자 먹고 마시면서 자유로워지기를 기대한다.

그것은 자기들을 위한 장소가 없는, 그리고 소란스러운 관객이 재미없는 상업 영화들만 소비할 생각을 하는 불편한 영화관 앞에서의 지겹고 불확실한 줄(마피아들은 암시장에 되팔기 위해 모든 표를 거의 미리 산다)로 인해 진이 빠지는 젊은이에게 토요일 저녁 외출 문제를 해결하는 기발한 방법이다. 중국인들이 자랑스러워하는 새로운 유형의 장소들에서 놀라운 것은 사람들이 빌릴 수 있는 카세트나 비디오·디스크——대부분이 일본에서 온——의 종류가 많다는 것이다. 예를 들어 나는 거기에서 최근 로머의 작품과 그리모의 《왕과 새》, 맥라렌과 심지어 순수하고 딱딱한 실험적 작품들을 발견했다.

　c) 초콜릿 아이스바 애호가들의 경우이다. 극장에서 이제껏 프랑스인들은 종류를 혼합하지 않았다. 팝콘 상인들은 많은 다른 것들에 대해서와 마찬가지로 사람들이 자기들에게로 되돌아오기를, 다시 말해 그들을 미국 꼬마쯤으로 여기기를 바랄 것이다. 또 이런 방향의 공격적인 전략이 몇몇 극장에서 얼마 전에 시작되기도 했다. 그리고 상대적인 성공을 거두었다. **예전에, 내 기억이 옳다면** 허용된 유일한 먹을 것은 휴식 시간의 '사탕과 캐러멜, 초콜릿 아이스바와 초콜릿'으로, 여점원들은 이러한 것들을 끈을 달아 목에 매단 버들가지 바구니에 넣어 팔곤 했고, 이 점원들은 배 앞에 마치 매혹적인 장식대처럼 이것들을 매달았다. 우리가 알고 있는 것처럼 곧 선전용 영화들이 나왔고, 예쁘장한 행상인들의 웃음소리가 "손에 들지 말고 입에 넣으세요!"라

든가, 뒤퐁 디지니 캐러멜이나 크레마 사탕에 "푹 **빠졌군요!**"라는 말이 번갈아 들렸다.

d) 브르통과 바셰: 자크 바셰가 아직 자살하지 않았던 때의 일로, 이때 앙드레 브르통이 《나자》에서 말하고 있는 것처럼 폴리 드라마티크의 오래 된 극장 관현악석에 "우리는 저녁 식사를 위해 자리를 잡았고, 상자를 열어 빵을 자르고 병마개를 땄으며, 식탁에서처럼 큰 소리로 말을 했다. 감히 아무 말도 할 수 없었던 관객들은 너무나 놀라 어안이 벙벙해질 정도였다."

e) 몇몇 실험적인 영화인들: 여기에서 어떻게 생 제르맹 데 프레의 아바티아문화센터에 조제프 모르데, 뱅상 톨레다노와 이브 롤랑 같은 영화인들에 의해 70년대말에 조직된 **시네 부프**에 대해 말하지 않을 수 있는가? 여기에서 슈퍼에이트 필름의 (잦은) 상영시 필름 틀을 바꿀 때마다 파테 넣은 샌드위치나 샐러드, 찬 소고기와 온갖 종류의 싸구려 포도주가 곁들여졌다. 그것도 늘.

마지막으로 이런 다양한 경험들에 어떤 교훈——어떤 이론——을 끌어낼 수 있는가? 아마도 **배가 고프면 아무것도 보이지 않는다**가 될 것이다.

오늘의 요리

화면상의 요리와 실제 요리

장 루크가 말하게 되는 것처럼, 전해지는 이야기에는 그리고 적어도 영화 배우들이나 기술자들의 기억에는 경우에 따라 실제 음식과 촬영되는 음식 사이의, 화면상 먹음직스럽게 구워진 암탉과 밀랍이나 종이로 위장된 만들어진 볼품 없는 모조품들 사이의, 진짜 음료수와 가짜 음료수 사이의, 간단히 말해 먹을 수 없는 것과 먹을 수 있는 것 사이의 유쾌한, 혹은 가혹한 차이와 관련된 아주 많은 일화들이 있다. 국가적으로 부족하던 시기에 점령중에 촬영된 《저녁의 방문객들》의 연회에 대해 엑스트라들에게 물어보라. (사람들이 말하기를 그들의 입 안에는 **진짜** 먹을 것이 있었다고 한다.) 그러면 이 의미는 중요해진다. 관객에게 그것은 확실치 않다. 관객은 르누아르의 작품에서는 그것이 진짜이고, 멜리에스의 작품에서는 가짜라는 것을 대충 다 알지만, 다른 나머지가 무슨 상관인가? 영화애호가로 말하자면 그의 기억 역시 그것을 구분하지 못한다. 그저 공모자 앞에서 이러저러한 화려한 **대목**을 수 차례 묘사하는 것을 경험하게 되는 환희를 중요시할 뿐이다. 그의 의도에 따른 다음과 같은 작은 조합이 여기 있다.

유명한 영화 음식들
혹은 영화에 나오는 편이 좋은 음식들

a) 장 르누아르의 《시골에서의 하루》에는 풀랭 영감의 오믈렛이 있다. 그것은 타라곤향을 넣은 오믈렛이다. 우리가 알고 있는 것처럼 르누아르 자신에 의해 상대적 행복으

로 해석되는 플랭 영감은, 앙리와 루돌프에게 압생트와 백포도주가 위에 뿌려진 치즈 다음에 이 오믈렛을 내놓는다. '보트를 타고' 휴가 온 이 두 사람에게는 생선이 많다. 그들에게 필요 없는 생선은 우유 집배차(샤를 제르베의 무기로 찌그러진 자동차, 이 사실을 주시하는 것이 좋다)를 타고 도착한 파리인들에게 전해질 것이다. 뒤푸르 씨는 '호화로운 잔치'를 약속하고, 처음으로 플랭 식당('생선 요리-튀김/연회장-그네/점심 2프랑 50' 때는 1936년이다)을 발견한 뒤푸르 부인은 이렇게 주문한다. "튀김 작은 것, 튀긴 토끼고기 작은 것, 샐러드와 디저트." 뒤푸르 씨는 현명하게 이렇게 마무리를 짓는다. "백포도주와 보르도산 포도주 2리터!" 우리는 결국 벚나무의 중요성을 주시하게 되는데, 이 나무 그늘로 피크닉을 갈 것이고, 그것은 젊은이들과 두 여인들 사이에 일어나는 초기 협상의 쟁점이 될 것이기 때문이다.

b) 같은 감독의 《게임의 규칙》에 나오는 감자 샐러드가 있다. 먼저 영화의 오믈렛과는 반대로, 우리는 이 샐러드의 이미지를 보지 못한다. 그것은 종업원들의 점심 시간에 그들 가운데 한 사람의 반유대주의에 대한 대답으로 라 셰니스트 식당의 주방장에 의해 언급된다. 레이몽 바르(레옹 라리브)와 닮은 이 뚱뚱한 주방장은 그들이 '돼지처럼 먹어댔기' 때문에 레피네 지역의 전주인들을 떠났다고, 반대로 '거류민인' 라 셰니스트는 다른 날 '감자 샐러드 때문에' 그를 욕했다고 말한다. "자네들도 알겠지만, 아니 모를 가능성이 더 많겠지만 이 샐러드를 먹을 수 있게 하려면, 감

자가 **아주** 뜨거울 때 백포도주를 부어야 하지. 셀레스탱은 그러지 않았어. 손가락을 데고 싶지 않았거든. 물론 주인인 그는 즉시 손을 후후 불었지. 자네들은 자네들이 원하는 것, 그건 사교계 남자라고 내게 말할 테지!"라고 설명한다. 식당에 온 한 여인이 요구한 바닷소금을 넣은 특별식에 대해 자기 조수 한 명에게 완벽한 대답을 하는 이도 그 주방장이다. "라 브뤼에르 부인은 다른 사람들처럼 먹을 거야. 나는 괴벽이 아니라 식이요법을 인정하는 거지."

c) 장 에스타슈의 《엄마와 창녀》에서 리옹 역의 푸른 기차라는 식당에서의 식사가 있다. 사람들이 가장 아름답고 건강한 상태에 있는 이상, 10A 시퀀스에서 알렉상드르(장 피에르 레오)는 이렇게 주장한다. "돈이 없다는 사실이 제대로 먹지 못하는 마땅한 이유는 아니다." 그 다음 그들이 주요리를 먹고 확인되지 않은 보르도산 포도주를 마시는 동안 같은 인물은 베로니카(프랑수아즈 르브랭)에게 이렇게 충고한다. "당신도 알겠지만 음식을 차게 먹으면 맛이 아니라 한기를 느끼게 됩니다. 따뜻하게 먹으면 맛이 아니라 열기를 느끼게 되죠. 딱딱하면 맛이 아니라 딱딱함을 느낍니다. 액체라면 맛이 아니라 액체를 느끼죠. 그러므로 미지근하고 물렁거리는 것을 먹어야 해요."

d) 빌리 와일더의 《뜨거운 것이 좋아》에는 거대한 축하 케이크가 나오는데, 거기에서 뜻밖의 총잡이들이 튀어나온다.

e) 토니 리처드슨의 《탐 존스》에서 네가 먹고 싶은 것은

손가락과 입으로 관능적으로 먹히는 넓적다리살이다. 주인공(앨버트 피니)과 그가 갈망하는 미인은 눈빛으로 동시에 애를 태우며, 어느 견습 수사학자라도 거기에서 일찌감치 아름답고 거대한 은유를 발견할 것이다. 아마도 그는 감히 이른바 환유를 읽어낼 것이다. 마치 닭의 다리살이 여기서 사람의 넓적다리를 예고하는 전조이고, 에로티시즘이 다른 방식에 의한 욕망의 확장인 것처럼.

f) 앤디 워홀의 《먹다》에는 버섯이 있다. 가까이에서 찍힌 로베르 인디애나가 아무렇지도 않게 갉아먹는 이 엽상 식물은, 이 영화가 시작된 지 15분 후에도 여전히 똑같은 상태이다.

g) 베르나르도 베르톨루치의 《파리에서의 마지막 탱고》에는 버터가 있다. (위의 《탐 존스》 주석 마지막을 보라.)

h) 영국의 실험 영화 감독인 마이크 던포드의 《배가 있는 정물》에서의 배가 있다. 거기에서는 눈부신 배가 모든 32회전 영화들과는 다르게 배치된다. 그러나 이 연속적인 영상 배치에는 시간이 걸리고 분명 감독의 위를 쓰리게 했음에 틀림없다. 곧 사람들은 이 볼품 없는 열매에서 이빨 자국들과 점점 더 깊어지는 침식 작용을 알아챈다. 과일 속이 드러나는 상태로 줄어들 정도로.

i) 영화사 초기의 컬러 애니메이션들 가운데 한 작품에서, 위대한 알렉세예프가 연출한 《달》에는 갈색 비스킷과 파이들이 나온다. (죽기 얼마 전, 그는 관대한 상표들만이 그 시기에 컬러 실험을 허용했다고 설명하였다.) 비스킷들은 마

치 나폴레옹의 졸병들처럼 줄지어 나왔다. 파이의 경우 그 이상은 잘 기억나지 않지만, 이 행렬 위로 나타난 환하게 웃는 큰 달의 환영하는 모습이 그것들을 맞이했을 것이다.

j) 샹탈 아케르만의 《브뤼셀 1080, 코메르스 가 23번지, 잔 디엘망 귀하》에서 튀김옷을 입힌 고기가 나온다. 이것은 델핀 세리그에 의해 이른바 학술적인 주의를 기울여 카메라 앞에서 준비된 것으로, 빵가루를 입은 얇은 쇠고기 조각은 아이들과 성인들 모두를 즐겁게 할 것이다.

k) 타티의 《플레이 타임》에서 여러 차례 불에 구워지는 생선이 있다. 많은 텍스트들의 뛰어난 메타포인 이것은 구워지고 또 구워지지만, 관객은 끝내 아무것도 접시에 놓이지는 않음을 알게 된다.

l) 특별 항목이 있다. (마리 크리스틴 드 나바셀에게 바쳐진 것이다.) 영화에서의 돼지들이다. 클로드 오탕 라라의 《파리를 횡단하는 여인》에서 피터 플레이슈만의 《바비에르에서의 사냥 장면》에 이르기까지, 장 에스타슈의 《돼지》에서 피에르 페로의 《태양의 지배》에 이르기까지, 피에르 파올로 파졸리니의 《돼지우리》에서 티에리 제노의 《결혼식 화병》에 이르기까지, 로이 리쿠스의 《마지막 새끼돼지까지》에서 티에리 레메르와 장 루이 르 타콩의 《그 약속을 어기면 돼지이다》에 이르기까지, 마치 군사 영화 축제가 있듯이 돼지에 관한 영화 축제라도 열릴 수 있을 것이다.

이론: 잘 찍혀진 음식은 환상을 품게 한다. 반숙된 오믈렛이나 먹음직스러운 개구리 다리는 영화에 나타난 세상

과의 밀착 효과를 **사실적 효과**보다 훨씬 더 강렬하게 일으킨다. 그러므로 이런 음식으로 인해 관객과 인물은 더욱 '동일해진다.' 이것이 영계와 밥 위에 끼얹는 쉬프렘 소스이다. 맛있는 음식을 주시면 당신께 근사한 가상의 세계를 만들어 드리겠습니다.

치즈와 후식

음식으로서의 영화

(시네가스트로노믹 이론에 대한 고찰)

'무'와 '서양식 스파게티': 《아기의 간식》에서 《날개 혹은 넓적다리》에 이르기까지, 《쓴 밥》에서 《빵집 아내》에 이르기까지, 《분노의 포도》에서 《산딸기》에 이르기까지, 《굴 캐는 처녀》에서 《꿀맛》에 이르기까지, 제작 용어에서부터 눈에 띄는 주요 제목에는 먹을 것이 들어 있다. 왜 더 멀리까지 가지 않고 각 영화를 음식으로 분석하고 나누지 않는가? 시각적인, 혹은 시청각적 특색에서 미각적 특색, 또한 촉각적이고 체감적 특색으로 나아가게 하는 시네가스트로노믹[영화에 나오는 음식]의 은유는 영화——단지 우리 앞에서 뿐 아니라 **우리 안에서도**——에 대한 전반적 이해를 훨씬 더 용이케 할 수 있을 것이다. 이는 불가능한 일이 아니다. 이미 폴 클리는 눈으로 '그림을 뜯어먹으라고' 명령한다. 그것들을 명명하면서 그 조직과 질김·맛·뒷맛, 뜯어먹힌 풀의 분명한 변형들을 규정한다면 어떻게 될까?

이처럼 분명 어떤 영화들은 우리의 위에 남아 있고, 다른 영화들은 입 안에 달콤한 맛과 아무 맛이 없음, 강한 향신료맛, 걸쭉한 아스파라거스 스프맛과 양배추 절임맛, 소 내장 요리맛과 나무딸기 아이스크림맛을 만들어 낸다.

그리고 모든 감독들이 요리사이기도 한 피터 쿠벨카 같지는 않다 하더라도, 자신의 독특한 포도주를 만들고 자신의 실험 영화들만큼이나 많은 요리들을 세심하게 만드는 데 시간을 거의 다 보낸(《Schwechater》의 60초를 위해 2년을 보내고, 《Unsere Afrikareise》의 12분 30초를 위해 6년을 보냈다) 그는, 우리의 위대한 감독들의 특별 요리가 무엇인지 떠올릴 수 있다. 즉 장 뤽 고다르에게는 샐러드(옥수수·콩·토마토·모차렐라 치즈·기름 조각 등)를, 펠리니에게는 어린 메추라기와 속을 채운 큰 암탉 행렬을, 히치콕에게는 마요네즈를 넣은 찬 검은 대구 요리를, 샘 페킨파나 브라이언 드 팔마에게는 오리 요리를, 사샤 기트리에게는 얼린 샹티 머랭그를 말이다.

날것과 익힌 것에 대한 이론——허구의 정도에 따른——역시 아주 날것(워홀의 《잠》)에서부터 익힌 것(레루슈의 《생명이여 영원하라》)에 이르기까지 완성될 수 있을 것이다. 이는 여러 다양성들을 구분하게 될 것으로, 타타르 스테이크 영화(《카메라를 든 남자》: 다른 사람들에 의해 잘린 날고기는 주방장에 의해 조미되고 반죽된다)나 부르기뇽 퐁뒤(날고기를 끓는 기름에 튀겨 소스를 뿌려먹는 요리: 셜리 클라크의 《제이슨의 초상화》, 데이비드 호크니와 잭 하잔의 《어비거 스플래쉬〉, 즉 날고기가 시험삼아 끓는 기름 속으로 던져진다) 영화를 거치게 된다.

결국 진정한 메뉴는 기호에 맞게 만들어질 수 있을 것이다.

—— 포타주 영화: 뤽 베송의 《그랑 블루》.

—— 파이 영화: 요셉 폰 스턴베르그의 《붉은 황후》, 루벵 마물리앙의 《여왕 크리스틴》.

—— 부이야베스〔지중해식 생선 스튜〕 영화: 마르셀 파뇰의 《마리우스》·《화니》·《세자르》.

—— 구운 메추리 영화(잔뼈에 주의할 것!): 알프레드 히치콕 경의 《격분》.

—— 파리아다스 영화(고기 네 개가 든): D. W. 그리피스의 《편협》.

—— 퓌레와 과일 절임이 곁들여진 불치고기: 장 르누아르의 《게임의 규칙》.

—— 세미프레도 영화: 프랭크 카프라의 《비소와 낡은 레이스》.

—— 슈크림 영화: 제리 루이스의 《제리 박사와 미스터 러브》.

—— 크레프 플랑베〔오렌지 소스로 싼 다음 칼바도스를 뿌려 불을 붙인 후 먹는 요리〕 영화: 드라이어의 《잔 다르크의 수난》 등.

마지막으로 메타포가 아닌 예가 있다. 토니 콘라드의 《스키야키 7360》(1973)이 그것이다. 작가는 관객들 앞에서 그

얇은 막을 튀겨낸다. 이야기는 끝까지 문학성을 밀고 나가면서 누가 이 튀김을 맛보았는지는 말해 주지 않는다.

육체를 갖다(혹은 아니다)

몸? 나는 오로지 몸에 대해서만 말해 왔고, 당신들이 허락한다면 호메로스와 사드·앙리 미쇼·폴 부르제 등 글 쓰는 모든 이들은 이에 관해서만 말한다. 《지킬 박사와 하이드 씨》에 대해서, 《투명 인간》에 대해서도 말하지 말자. 그것들은 사람들의 육체에 대한 가장 아름다운 이야기이다.

＊

나는 내 왼쪽 눈썹과 오른쪽 장딴지를 매우 사랑한다.

＊

나에게는 내 몸보다는 다른 이들의 몸이 훨씬 더 사랑스럽고, 두렵다.

＊

나는 이 큰 몸뚱이(1미터 85센티미터, 89킬로그램)를 끌고 다닌다. 마치 먹을 것을 주고 놀아 주며 조금 가르치기도 해야 하고, 태양의 강렬한 빛과 감기로부터 보호해야 하는, 그리고 필요할 때 수많은 거리와 강물을 건너게 해야하는, 체구가 빨리 자라나는, 그러나 반쯤 불구인 아이를 끌고 다니듯이.

*

내가(어떤 식으로든 거의 순수 의식의 상태에서, 무의식적질료의 희미한 빛에 에워싸인 단순한 시선으로) 걷거나 뛰고 춤추거나 헤엄치고 취해 있을 때, 내 몸은 그런 대로 견딜 만하다. 그것은 이른바 체감적인, 게다가 상상의 상태로만 있는 것이다. 이때 나는 의지주의자로 모든 에너지와 모든 대담함이 느껴진다. 나는 청춘을 매순간 다시 신호를보낼 수 있는 협정이라 생각하고, 사르트르 같은 인간이 된다. "인간은 자유롭다, 인간은 자유이다." 가볍고 지칠 줄 모르며 영원한.

반대로 가혹한 공포와 검은 손톱에 대한 두려움이 우리를 엄습하여 짓누르기 위해서는 나 자신이 폭파되고, 엄청나게 많은 파편들로 뒤덮이며 시·공간의 희생자가 됨을, 막다른 운명에 처함을 느끼기 위해서는 나 자신을——거울로, 사진에서, 영화에서——보는 것으로 **보여진** 육체가되는 것으로 충분하다. 이때 나는 다른 식의 사르트르주의

자가 된다. 즉 타자의 시선이 주체를 마비시키고 주체를 무겁고 소모된, 유한한 대상으로 변화시킨다는 의미에서 말이다.

＊

해결의 한 방식은 에로티시즘으로 다른 이의 육체를 이용하여 자신을 망각하는 방식이다. 이때 두 가지 가능성이 있다. 타자가 복수할 가능성, 아니면 나르시스이다. 이 경우 사람들은 같은 짐승 위에 올라탄 두 사람이다.

＊

사실 나는 육체가 피하는 순간을, **육체의 실존이 확실치 않은** 순간을 전혀 좋아하지 않는다. 세 가지 예들이 있다.

첫번째 예이다. 어느 날 밤, 몬트리올까지의 짧은 여행 이후 잠시의 휴식도 없이 이어진 일본 여행을 끝내고 파리로 돌아오는 길에 정반대에 있는 두 나라의 시간이 교차하는 지점에서, 나는 믿을 수 없이 불안한 상태로 암흑 속에서 갑자기 잠이 깬다. 방에 누군가 있다고, 그리고 내가 있는 곳이 어느 나라인지도 내가 **누구인지조차** 모르기 때문에 불을 켤 수 없다고 생각하면서!

이처럼 **코기토**의 마지막 튜브에만 매달리면서 스스로를 악한 정령의 장난감으로, 물에 빠진 인간처럼 우롱당하고

속아 넘어가는 장난감처럼 상상할 때, 데카르트의 《제일철학에 관한 성찰》에 나오는 '나'와 같은 상황에 있는 자신을 깨닫게 된다. 다시 말해 이 작은 진실에서 모든 것이 조금씩 재구축될 수 있을 것이다. "나는 존재한다는 것을 인식한다. 그러므로 나는 실제로 존재한다. 사람들은 이 점을 제외한 모든 사실에 대해 나를 놀릴지 모른다." 그러나 나는 **누구인가?** 분명 의식이다, 그러나 육체는? 그 자체로 코기토는 육체에 대해 아무것도 보장하지 않는다. 나는 돌턴 트럼보의 《조니가 총을 얻다》에서 광산을 덮친 후 머리와 상체로 줄어든 불행한 주인공처럼 될지 모른다. 더 나아가 나는 육체에 대한 순수 환상일지도 모른다. (오, 감미로운 예상이여!) 수술받은 사람들이 절단 수술 후 오랫동안 떨어져 나간 부분에 대한 환상적 의식을 갖는 것처럼 절단된 맨 윗부분이 될 것이고, 육체를 꿈꾸는 전신 수술받은 사람이 될지 모른다!

두번째 예는 갑작스럽고 격렬한 이상한 시동 장치(프루스트 작품에서의 마들렌의 충격처럼, 이미 경험한 느낌처럼 사람들이 말하는 것으로 인해 죽어가는 이들의 편집증적 생각처럼)로, 그것은 때때로 길 한복판에서 나를 쓰러뜨리고 갑자기 나로 하여금 이런 질문을 던지게 한다. "왜 나는 지나가는 다른 사람의 몸이 아니라 내 몸 안에 있는 걸까?" 감정의 깊은 곳에까지, 병적으로까지 느껴지는 형이상학적이면서도 물리적인 질문, 또한 라이프니츠의 심오한 질문

("왜 아무것도 없는 것이 아니라 무언가가 있는가?")이나 우주 **이전에** 있었던 것, 혹은 우주 **너머에** 있는 것을 생각할 수 없다는 것과 거의 비슷한 방식으로 머리를 아프게 하는 질문인 것이다.

세번째 예는 불가시성(不可視性)이다. 그러나 이것은 불가시성이 허락하는 기적 같은 유비키테(l'ubiquité; 동시에 도처에서 존재함)에 비싼 값을 지불하게 될 것이다. 왜냐하면 분명 나는 반지를 낀 귀게스(1백 개의 손을 가진 거인들 중 한 사람)나 절뚝거리는 악마처럼 도처에서 개입하고, 모든 육체들에게 다가갈 수 있기 때문이다. 그러나 욕망을 일으키는 입이나 육체 바로 곁에 이른 나는 이 육체에 입맞출 수도, 만질 수도 없을 것이다. 엿보기의 끔찍한 무기력에 이른 것이다. 즉 소유하지 못하면서 볼 뿐이다.

글쓰기는 영육(靈肉) 분리의 이 논리에 속한다. 책은 대리 육체와 같다. 텍스트를 통해 오 독자여, 나는 네 인생으로 슬며시 들어간다. 피에르 클로소프스키의 《르 바포메》에서처럼 육체 없는 에로티시즘, 숱한 영감의 전투인 것이다.

매춘에 대한 찬사

지금 내가 말하고자 하는 것은 제목 때문에 도발적으로 보일 것이다. 그러나 그렇지는 않다. 또다시 말의 문제이다. 나는 사람들이 즉시 내 말을 이해하도록 이 말을 던진다. 그러나 그것은 문제를 일으킨다. 나는 이 사실을 잘 알고 있다. 여기에는 정확성이 필요하다. 나는 그렇게 말했지만, 말은 결코 완벽한 만족을 주지 않는다. 말은 지나치게 많은 이들에게 사용된다. 그것은 향연의 의미로, 그리고 컴퓨터의 의미로 말들을 기분 좋게 하고, 인간공학적으로 만드는 것이기도 하다. 검게 전 파이프처럼, 낡은 풀오버처럼, 모든 사람들이 쓰는 타월처럼 말이다. 당신은 당신 혼자만을 위한 타월을 원했을 것이다. 나는 당신에게 그런 것을 찾아 줄 수 있지만, 그것은 종이로 만들어진 것일 터이고, 즉시 찢어질 것이며 훨씬 덜 푹신할 것이다.

'매춘'은 외설적 웃음과 격분을 일으킨다. 이런 것은 그대로 놓아두도록 하자. 이런 생각만 하자——똑같은 기쁨을 바라기 때문이 아니라(혹은 오로지 그것에 의해서 뿐만 아니라) 이해 관계에 의해 타자의 기쁨에 제공되는, 그리하여 어떤 합의된, 그리고 즉각적인 보수 혹은 다소 오랜 기간 동안의 이익에 대한 예측을 조건으로 삼는 육체에 관한 생각을. 규정된 것처럼——이는 잘 규정되었고, 나는 누구에게나 이 연속적인 말들이 난처하게 만들지 않는 근본적인 요소를 발견해 보라고 말한다. 그리고 사람들이 선입견 없이는 거의 검증할 수 없는 매춘 개념은 첫번째 놀라움을 제공한다. 그것은 보편적이다. 어쨌든 그것을 지칭하는 유황 성분의 이 말이 암시하는 바보다 훨씬 더.

무엇 때문인가? 무엇이 매춘을 결혼과 **추상적으로** 구분하는가? '정리된' 것이든 그렇지 않은 것이든, 서양에서든 다른 곳에서든, 가장 흔한 경우 역시 각자 자기들의 이익을 발견하는 두 존재 사이의 교환이 달려 있지 않은가? 한쪽이 (원칙적으로) 자신의 복부와 보드라운 살——그리고 가사 노동에 필요한 노동력——을 규칙적으로 제공하고, 다른 한쪽은 그 대가로 (역시 원칙적으로) 물질적 안정과 신체적 보호를 보장하면서 말이다. 앞에서 기술한 복부가 미래의 하나 혹은 다수의 작은 불행들을 품을 수 있다는 것 이외의 주된——그리고 심지어는 본질적이고 유일한——차이는 때때로 이 협정이 추가된 가치, 부드러움만큼 기적적이기도 한 가치인 사랑으로 장식된다는 점이다. 다시 한 번 성실함은 역사나 문학이 돈에 매수된 관계들의 사례를 충분히 보여 주고 있다는 사실을 보라고 명한다. 이 관계들 역시 초기 몇 번쯤은 즉각적으로 이 기분 좋은 보충물을 수반한다. 허구에서는 샤를 스완과 오데트 드 크레시를, 현실계에서는 오귀스트 콩트와 그의 전기에서 실증주의학파의 이 설립자를 "예전에 그가 몰두한 일이 규칙적이고 명예로운 실존을 전혀 준비하는 것처럼 보이지 않았던 이"[19]처럼 묘사한 아주 기괴한 저자 카롤린 마생의 이름을 말하는 것으로 충분하다.

거기에서 우리는 한 시대의 모든 편견들을 본다. 반대로 결혼처럼 매춘도 당연히 규칙성에 근거하기 때문이다. (어떤 이들은 자기들이 좋아하는 상대자를 '내 아내' 혹은 '애인'이라고 부르지 않는가?) 계약보다 더 정직한 것이 무엇이란 말인가? 매춘 계약은 (일반적으로) 기록되지 않고, 결혼 계약은 기록된다. 그러나 깊이 생각지 않더라도 이 둘 사이에는 변덕의 미끄럼대와 힘의 관계들로 축소된 난폭한 열정의 야만성으로부터 보호해야 한다는 공통점이 있다.

이제 조금이라도 은유적 의미 속에서 이 말을 생각한다면, 그것이 격렬한 토론과 더 나아가 주먹다짐에까지 이를 수 있기 때문에 이 보편성은 더욱더 강요된다. 단순하게 말해 적정가의 성관계가 가지는 문자 그대로의 의미는, 그 서비스가 어떤 것이건간에 보수가 따르는 서비스의 제공이라는 추상적 측면에서 볼 때, 그리고 이 서비스가 함축하는 잠정적이고 합의된 종속화라는 추상적 측면에서 볼 때 약화된다. 그렇기 때문에 그다지 애쓰지 않더라도 속기 타이피스트에서 의원 보좌관에 이르기까지, 견습생에서 보디가드에 이르기까지, 카페 종업원에서 영국 관리에 이르기까지, 택시 운전사에서 프리지닉에서 특별한 일을 하는 텔레비전 프로의 여성 진행자에 이르기까지, 미용실의 머리 감겨 주는 여자에서 한림원 선거를 준비하는 문학비평가에 이르기까지, 사람들은——팁, 임금, 물품, 돈 봉투, 인세나 승진——모든 사람들이 자신의 몸을 모든 이들에게 판다는 것과, 그러면서도 그들의 건강이 아주 좋다는 사실을 깨닫는다. 간단히 말해 모든 것이 매춘이다. 거의 전부가.

특히 사람들이 조금 전의 정의(定議)에 흥미로운 위장——허풍, 모방된 오르가슴, 착한 아이에 대한 칭찬(넌 아주 예쁜 눈(혹은 아주 특별히 예쁜 목소리)을 가졌구나, 너도 알지!)——의 이런 뉘앙스를 첨가할 때 그렇다. 이때 이 뉘앙스는 매춘을 이 세상에서 허구의 가장 풍요로운 원천 가운데 하나로 만든다.

그러나 그래도 이 화제에서 가장 흥미로운 문자 그대로의 의미로 되돌아오자. 현대적인 방식으로 접근해 보자. 나는 울레벡식으로 말하고 싶다. 경제학적으로는 '다른 사람들이 실업과 빈곤함 속에서 붕괴되는' 가운데 '몇몇 사람들은 상당한 부를 축적하고,' 성적으로는 '다른 사람들이 자위 행위와 외로움에 칩거하는' 동안 '몇몇 이들은 다양하고 자극적인 성생활을 하는' '싸움터의 확장'이라는 우리의 지나친 자유 상황에서, 매춘은 클론화(《소립자들》의 궁극적 이상국에 대한 암시이다)에 대한 유일한 대안이다. 새롭고 더 정당하고 더 조화로운 기초 위에 **재구축된** 인간성의 부재로——혹은 기대 속에서——사실 매춘만이 대부분의 불행 아니면 좌절을 피할 것이다. 게다가 그것은 《싸움터의 확장》의 고통스러운 영웅인 티세랑이 잘 파악한 것이다. 그러나 그가 화자에게 설명하는 것처럼 다음을 보라. "나는 한 주마다 창녀에게 돈을 줄 수 있다. (…) 그러나 어떤 남자들은 공짜로 그 짓을 할 수 있다는 사실을 나는 알고 있다. **사랑을 가지고 그것도 더 많이.** 나는 애써 보기로 한다." 그리하여 이 가난한 사람은 애써 보지만 실패하고 죽는다.

그러나 약간의 기회로 성공할 수도 있을 것이다. (이 소설을 각색한 영화 마지막의 화자 자신처럼.) 그러나 제대로 크지 못한 이들, 난쟁이들, 수줍음 많은 이들, 병자들·노인들에 대해서는——현재의 우리가 그렇거나, 어느 날 혹은 다른 날 우리 모두가 그렇게 될 '올바른 용도'의 사냥감에 대해서는——뭐라고 말해야 하는가? 그들에게 있어서, 우리에게 있어서 **애무 및 부드러움**과 관련된 하나 혹은 여러 직업들이 직업으로서의 위상과 사회적 안전, 그리고 등급을 지닌 채 사적으로, 공적으로 혹은 혼합된 상태로 존재한다는 사실에서 손해될 것은 아무것도 없다.

실업이 만연한 이 시기에 이 일이 얼마나 많은 젊은이들을 고용하는가! 경범죄인들의 무보수 노동(TIG)은 얼마나 많은가! 가난한 동네는 결국 '유복한' 동네가 될 것이고, **치열한** 변두리는 다른 식으로, 세상 사람들을 만족시키는 방식으로 그렇게 될 것이다.

당신들은 내가 아첨한다고, 내가 나만의 스위프트를 만든다고, 위대한 조너선의 《겸손한 제안》이 아일랜드의 인구

과잉과 기근을 막는 데 영향을 미치고, 그것의 **확산을 막으며 차례로** 해결한 것처럼 내가 흑인·백인, 이민 온 북아프리카 젊은이들의 실업 문제와 주변의 수많은 프랑스인들의 성적 좌절에 차례로 영향을 끼치고 해결해 나가면서, 베니시외나 라 셴 생 드니에서 당신들을 단번에 만족시킨다고 믿는다. 그런데 **이 모든 것이 유머에서 생기는 것인가?** 아니다. 이건 심각한 문제이다. 아일랜드 최고 연장자의 기괴하지만 감미로운 노고는 적어도 합리적으로 문명화된 세계에서 어길 수 없는 두 가지 터부, 즉 살인에 대한 터부와 식인에 대한 터부에 근거한다. 그리고 이 두 터부는 작가의 노고를 무자비하게 그리고 영원히 유머의 영역으로, 다시 말해 불가능의 영역으로 내던진다. 그 사이 실제로 오늘날 어떠한 것도 여기에서 암시되는 아름답고 건장한 청춘, 춤추고 운동을 즐기고 건강한 청춘의 재활용에 맞서지 못한다. 육체의 사회적 조력자이건 성(性)의 간호사이건 오히려 이 청춘은 기죽지 않는다. 청춘을 방해하는 터부는 목하 소멸중인데, 그 신성성이 상실되고 있기 때문이다.

그렇다. 다른 곳에서와 마찬가지로 거기에서도 신성함은 그 영광과 저주와 함께 후퇴한다. 아마도 이동할 수밖에 없을 것이다. 하지만 되돌아올 것이다. 그러나 지금 성욕은 세속화되고 있다. 형이상학과 과학·정치·교육·결혼과 장례식이 그런 것처럼.

또한 사람들이 우리에게 거기에 ——유토피아도 아닌 겨우 예상에 불과한 것에 —— 부득이한 선택과 모자란 이들에게 베푸는 친절이 있다고 말하지 않는 것처럼. 사람들이 '매춘부' 혹은 '기둥서방'이라고 부르는 것과 간병인·안마사·부인과 의사 사이에 무슨 차이가 있는가? 감히 이렇게 말해도 된다면, 그들은 몸 전체를 만지고 종종 같은 부위를 만진다. 심지어 그들은 그렇게 함으로써 수입을 얻는다. 간단히 말해 그들은 육체에 **똑같은** 서비스를 제공하지도, **똑같은** 쾌락을 주지도 않는다. 그 이상이다. 남자 환자의 엉덩이 사이를 목욕 수건으로 닦는 여자 간호사에서부터 창녀에 이르기까지, 항문을 검진하는 의사에서 적극적인 남창에 이르기까지, 베르그송이 말하는 것처럼 본질의 차이가 아니라 정도의 차이가 있는 것이다. (친애하는 베르그송 선생!)

어쨌든 울름 가에 들어서거나, 당당한 변호사가 될 소수의 베레트 여공들이나 진지한 앙티이 사람들을 제외한 우리의 무기력한 변두리로 잠시 되돌아오려면, 직업을 **창녀**나 스포츠 선수, 보안 업종——축구 선수나 육상 선수·코치·경찰관, 자금 호송인, 디스코텍의 어깨들, 보디가드 같은——으로 삼아야 할 것이다. 이들이 몸을 쓰는 직업이기는 매한가지이다. 즉 이들 직종이 갖는 치욕은 비슷비슷하다. 게다가 역사학자들과 사회학자들은 주어진 사회적 활동에 연관된 사고 작용이 나라와 시대에 따라 다르다고 설명할 것이다. 예를 들어 성스러운, 그리하여 허용되고 제한된 매춘의 여러 형태를 경험해 온 구세계의 어느 지역에서, 푸줏간 주인이란 직업은 비열한 일로 간주되었다. 그리고 교수라는 직업을 보라. 그것은 1950년경 가장 뛰어난 업종 가운데 하나였지만, 50년이 지난 후 거의 아무도 더 이상 하고 싶지 않은 **비열한 일**이 되었다.

그러므로 사람들이 오랫동안 매춘(부분적으로 공중 위생이나 심각하게 변질된 가치 하락에 대한 타당성으로 인한)에 대해 이야기할 때 사용한 계시적 어조는, 1백 년 전 성심리 병리학에 대한 여러 개론서에서 수음에 관해 말했을 때, 혹은 또다시 최근 보수 정치인들의 담론에서 마리화나에 관해 말했을 때 사용한 어조처럼 코믹하게 보일 것이다. 반대로 거기에서 사람들은 동시적으로 혹은 추가로 결혼 내연 관계에 있는 이들에게 남녀 노소, 모든 성적 취향을 망라하고 **실제적이고 전체적인** 성욕을 만족시키는 서비스가 제공되는 것이 합법적이라고 생각할 것이다. 이때 이런 성욕을 만족시키는 서비스는 전혀 다른 직업의 조건들과 비견될 수 있는 위엄과 안전성·위생, 특히 자유라는 조건(이 조건은 **명백하게** 매춘 알선을 배제한다) 안에서 채워진다. 정당한 정책을 지지하는 이들이나 절대적 교역의 필요성은 어쩌면 개명을 요구할지도 모른다. 하지만 어쨌든 이 사실은 분명할 것이다. 사람들이 여전히 잠정적으로 '창녀(남창)'라고 부르는 이는 성적으로 굶주린 이들에게 과자 만드는 사람이나 요리 배달인이 음식을 할 수 없는 이들에게 주는 것을, 혹은 대중 작가가 쓸 수 없는 이들에게 주는 것을 제공할 것이다. 모든 직업에는 높낮이가 있다. 또 열광하면서 혹은 그래도 직업인걸 하는 한숨을 쉬면서, 일을 잘 해내거나 잘 해내지 못할 수 있고, 솜씨 좋게 혹은 어설프게 할 수 있다.

아마 성욕에 대한 권리——노동권이나 의학적 조치를 받을 수 있는 권리처럼——가 헌법에 기록될 때가 올 것이다. 이는 세속적이지 않은 거저 얻어지고 강요된 성욕이 아니라 세속화되고 돈을 내는 선택적인 성욕이다. (사실 그것이 **이 세상에서 가장 좋은** 것은 아니다. 사연 없이 수월하게, 화려함 없이 성관계를 취할 수 있다는 것은 아무것도 보장하지 않는다. 행복이나 충족감조차. 그러나 지속적이며 단순한 성관계의 실존은 사람들을 진정시키고, 그들의 번민을 없애준다. 어쨌든 어떠한 것도 정절과 행복을 막지는 않는다.)

사람들은 이 모든 것이 이미 은밀하게 다른 이름으로 존재한다고 말할 것이다. 여기저기에서 2천 년을 전후로 몇몇 매춘업소들이나 안마시술소는 대용물 그 이상을 제공하고, 유럽의 경우를 포함해 창녀촌은 계속 성업중이거나 또다시 문을 연다. 독일이나 네덜란드에서 **'에로스 센터'**라는 팻말을 다는 예처럼 말이다. 사람들이 그것을 원하든 원치 않든, 유럽 연합은 이 점에 대해 여러 법 체제들을 단일화해야 할 것이고, 그러므로 프랑스에서의 문제는 분명 마르트 리샤르 시대와는 다른 용어로 다시 제기될 것이다. 사람들은 독일의 모델이 만병통치약은 아니라고, 그것은 새로운 장애를 수반하는 고역이라고 말할 것이다. 매춘이 **잠잠하더라도** 과자 가게나 미용실에 가는 것만큼 접근이 일반적이고 쉬운 매춘업소들이 영원히 그런 것은 아니다. 그러므로 여전히 유토피아에 머물러 있는 셈이다. 좋다. 이것이 거기에 한몫 끼이지 않기 위한 이유는 아니다.

그래도 첫걸음은 다른 모든 사람들처럼 결국 이 직업, 혹은 이런 부류의 직업(들)을 사람들이 조직하기 바라고, 아니 요구하는 것이다. 매춘 자격 시험이라도 필요하단 말인가? 왜 아닌가? 진한 키스반, 애무학사, 부드러운 질 삽입 전공? 당연하다! 입으로 관계를 맺는 데으아(DEA)는? 물론이다. 선택권과 실습 과제들이 있는? 당연하다. 그리고 학기가 끝나면 박사 학위 구두 시험이 있는가? 심사위원단의 축하와 더불어.

이 모든 일이 저절로 이루어질 때, 사람들은 정기 구독과 상한선이 정해진 가격들, 조합의 여러 지부들, 순서에 대한 지침과 무대들, 승급·경쟁·상표들을 마주하기까지 할 것이다. 그리하여 사회의 세속화가 진정으로 완성되려면, 예언자와 정신분석학자라는 두 직업을 다시 조직하는 일말고는 아무것도 남지 않을 것이다. 이 새로운 상황에서 이 직업들에 더 이상의 여러 가지 존재 이유들이 없는 한.

다른 기쁨들

제2권의 목적이 될 수 있을 것을 당장 발전시키지 않고서 우리는 이렇게 인용할 것이다. 사랑하기(그 하위 구분으로는 누군가를, 동물을, 인류 전체를, 다른 사람들을) / 연애하기(그 하위 구분으로는 둘이서, 셋이서, 그 이상의 수로, 또 혼자서 z***하기, m***하기(혹은 거꾸로), c***하기(혹은 거꾸로), s***-n***, p*** j***, t***, a***, g***-frrrrttttt, 이외의 다른 것들) / 식탁 아래에서 누군가의 발을 살짝 밟기(혹은 그 반대) / 큰 기대를 품고 혹은 대단한 기대 없이 길에서 누군가를 좇아가기 / 여러 이론들을 만들어 내기(예를 들면 개나 고양이에 대한 이론으로 인류는 충성스럽고 사랑스러우며 땅딸한 개과 인간과, 오만하고 변덕스러우며 집에서 길들일 수 없는 고양이과의 인간으로 나뉜다) / 독서하기(큰 소리로, 아주 낮은 소리로) / 그림그리기 / 예술적인 물건을 만들거나 설치하기 / 말하기 / 노래하기(하위 구분으로는 혼자서, 다른 사람들과) / 침묵하기 / 듣기(음악을, 오페라를, 자연의 소리들을〔하위 구분으로는 바람 소리, 성난 바다 소리, 새들의 지저귐과 올빼미, 갈매기나 메뚜기, 코요테 소리, 들판의 개 짖는 소리,

그밖의 다른 것들])/전화하기/영화찍기/영화에 찍히기/신문이나 잡지를 정기 구독하기/토라지기/걷기/달리기/수영하기/자전거타기/길 잃어버리기(하위 구분으로는 숲에서, 산에서, 다른 곳에서)/침뱉기/코풀기/오줌을 누거나 그이상의 행동을 하기/토하기/혼자 있기(하위 구분으로는 철저히 혼자, 군중 속에서 혼자인 채로, 혼자 살면서 등등)/함께 어울리기(하위 구분으로는 둘이서, 셋이서, 가족들 속에서, 친구들 무리에서, 거리 시위 속에서, 환호하는 군중들 속에서, 일반적인 난잡함 속에서)/먹기(혼자서)/파티열기(둘이서, 여럿이서, 아주 많은 수로)/술마시기/단식하기/춤추기(하위 구분으로는 혼자, 둘이서, 술집이나 다른 곳에서)/여행하기(걸어서, 말을 타고, 배를 타고, 비행기로, 다른 교통편으로)/방문하기(성을, 공장을, 어느 지방을, 다른 곳들을)/누군가의 집을 방문하기(유명 인사를, 옛 친구를, 다른 이들을)/날짜도 시간도 정하지 않고 리모주 역에서 소중한 사람과 약속하기/많은 비가 내린 밤이 끝나갈 무렵 잃어버렸다고 생각한 크레디트 카드를 찾아내기/존재하기/존재하지 않기/잠자기/꿈꾸기, 그 꿈은 어쩌면······.

장례식에 가기

　사람들은 우선 타인——부모·친구나 잘 알지 못하는 이——의 장례식을 선택할 것이다. 혹은 전혀 모르는 사람의. 예를 들어 할 일이 없던 이 글의 저자는 1990년 9월 28일 브리브 라 갈리마르 참사회 교회에서 장례 미사를 보고 방명록에 이름을 썼던 적이 있다. 오래도록 슬픔에 빠져 있었던 가족은 아무도 말하는 것을 들어 본 적이 없던, 밀짚모자를 비스듬히 쓴 이 정체 불명의 사촌이 누구인지 의문을 가졌을 것이다. (이건 거짓말이다. 나는 밀짚모자를 쓰지 않았다. 기껏해야 붉은 양말이 전부였다.)

　그렇다. 타인의 장례식이다. 이는 사람들이 기꺼이 이타주의자가 되어 애쓰지 않고도 자기 자리를 양보하는 드문 상황들 가운데 하나이기 때문이다. 나는 감히 비겁하게 이렇게 말할 것이다. 이 일이 지속되기만 한다면! 그러나 더 나쁜 일을 대비해야 한다. 나는 내 식대로 침대에서의 거짓 행위들을 통해 죽은 체한다. 돌연 모든 근육과 신경들을 몇 초간 내게 복종케 하는 상태에서 그것들을 이완시키면서(여기에서 심장과 비장, 몇 가지 세부적인 생식 기관들은 제외된다), 혹은 아주 쓸데없는 질문들을 **속으로** 나 자신에게 제기하면서. ("당신은 얼어죽는 게 좋은가, 타죽는 게 좋은가? 말을 못하고 죽는 편이 좋은가, 보지 못하고 죽는 편이 좋은가?" 현재 내가 바라는 쪽은 얼어서 보지 못하고 죽는 것이다. 그러나 사람들이 내 의견을 묻는 게 두렵다. 어쨌든 부디 치과 의사의 룰렛 고문이나 큰 소리로 기호론 잡지를 읽으라는 고문은 빼기를!)

《(자기) 장례 의식 순서와 행진을 정하기 위한 보잘것 없는 유서》의 뛰어난 저자인 조르주 푸레스트처럼,

장의사들은 밝은 노란색 제복에 큰 털모자를 쓸 것이다
그리고 내 노예들 중에서 뽑은 3천 명의 사람들이
오펜바흐의 폴카를 연주하면서 수레를 따라갈 것이다.

나를 땅에 묻어 주기를 내가 얼마나 좋아하는지 보라.

우선 나는 꽃들을 바란다. 흰 백합과 수국·수령초·스위트피·클레마티스를 선호하지만 온갖 색깔의 크고 작은 꽃더미가 화관과 쿠션, 다발이나 화환을 이루었으면 한다. 흰색과 연보라색으로, 그리고 파란색으로도 말이다. 파란 꽃들, 파란색의 교향곡은 아주 요란한 청록색과도 구분된다. 그렇다. 이 파란색은 순백색 자체, 이 장밋빛 자체, 이 보라색, 이 녹색 자체와 대조된다. 필요하다면 고딕 원주들 사이에 칡을 장식하고 싶다. 크고 작은 정자들 사이에 말이다. 어쩌면 관에 도착하는 순간 꽃잎을 날릴 수도 있을

것이다. 아니 꽃의 전쟁이 일어날지도!

그 다음 관 앞에서 신부가 축성하는 순간 향이, 자욱한 향이 피워질 것이다. 그 때문에 사람들이 기침을 하기를! 질식하도록! 교회 전체가 거대하고 회색 구름 이외에 불과하도록 말이다. 그리고 이 구름을 통해 산 자들은 고인 자신보다 더 현실적인 태도를 취할 수 없을 것이다. (그렇다. 나는 분명 '교회'라고 말했다. 어차피 할 바에는 그렇지 않은가? 파리의 노트르담이나 그렇지 않으면 생 제르맹 데 프레에서 말이다. 뒤라스처럼, 유감이다. 뒤라스 때문이 아니라 미메티즘 때문에 '유감'이다. 사람들은 뒤라스, 그녀를 매우 좋아했지만 믿을 필요는 없다!)

그리고 음악에 대해서! 진짜 가수들과 오케스트라가 필요하다. 단순하고 감동적인 **남성** 합창단, 아름다운 레퀴엠이 필요하다. 어떤 레퀴엠? 샤르팡티에의 레퀴엠? 모차르트의 레퀴엠? 베를리오즈의 레퀴엠? 브람스의 것? 베르디의 것? 아마도 내가 몹시 좋아하는 포레의 레퀴엠이면 될 것이다. 그러나 작곡가의 의지가 존중되고, **피에 제주**는 당연히 사내아이가 부른다는 조건이어야 한다. 어쨌든 **유명한** 이 위대한 음악으로 인해 장례식은 전위 연주회가 되지 않는다. 하물며 분명 고인이 좋아한다고 여겨지는, 또 몇몇 가족들——혹은 마지막 숨을 거두기 직전의 몇몇 죽어가는 이들——이 놀란 참석자에게 무기력하게 강요하는 짧은 가요들이 연주되는 순간도 아니다. 드 세브르 가의 예수회 교회 자기 장례식에서 피아프의 노래 "아뇨, 전혀 아니에요, 난 아무것도 후회하지 않아요"를 들려 주기를 요구하던 미셸 드 세르토가 그 사례를 보여 준 것 같다. 반면에 베레고보이 수상의 측근들은 몇 년 후 프랑스 전역을 《닥터 지바고》의 '라라의 테마'로 괴롭혔다. '거위들의 춤'이나 '셔츠를 벗다'는 언제쯤 나올까?

음악과 향·꽃들에 대해서는 이와 같다. 눈물에 대해서? 꼭 그럴 필요는 없다. (그러나 결국 피할 수 없다면, 아무쪼록 눈에 띄지 않게 훌쩍거리기를.) 눈물을 흘리는 여인들은 결혼식 참석을 삼가야 할 것이다.

담화? 찬사? 낭독? 그렇다. 하지만 절제되고 짧아야 한다. 항상 음향 테이프를 잃어버린 나쁜 영화 속에 있다는 느낌이 드는 파리의 끔찍한 페르 라셰즈 화장터에서 일어나는 일과는 대조적으로 제대로 작동하는 마이크를 쓰면서, 텍스트를 제대로 낭송하는 이들(예를 들면 미셸 부케·피에르 아르디티·에디트 스콥·다니엘 메스기쉬)에 의해서. 원한다면 지나치게 경박하지도 지나치게 돌돌 말리지도 않은 텍스트들을. 지나치게 훌쩍거리지도 않으면서. 약간의 칭찬은 어울릴 것이다. 슬프게도 말로는 죽었고, 그는 우리에게 **기록 속의 사람으로만** 남아 있다!

어쨌든 동정으로 이루어지는 의식이다! 특히 권태와 지겨움으로 이루어진 끔찍한 의식 없는 절차가 되어서는 안 된다. 이런 절차는 자신의 몸이 소각된다는 무서운 생각을 갖는 이들의 '마지막 순간'을 수행한다. 하나의 의식, 매우 종교적인 의식이기까지 한. 내 조상들의 종교, 과거에 내가 열다섯 살 종교적 위기에 이를 때까지 열렬하게 가졌던 가톨릭이란 종교에 해당되는 의식. 그렇다면 나는 더 이상 가톨릭 신자가 아닌가? 아니다. 그리고 이 즐거운 환경에서 나를 에워쌀 호의를 베풀 이들도 많지 않다. 그러나 사제가 지나친 고독감을 느끼지 않기 위해서는, 확실한 대답이 들리기 위해서는 적절하게 **주기도문**, **하느님의 어린 양**과 **아멘**을 말하기 위해서는 참석한 이들 가운데 신자 몇 사람이 있는 것으로 충분하다. 다른 이들은 어떻게 해야 할지 알게 될 것이다. 사람들은 주도권을 쥔, 게다가 압도적인 교회와 합법적이고 불가피한 세속성을 지지하는 이들 사이에 투쟁이 일었던 시기 특유의 긴장감에 더 이상 속해 있지 않다. 지드 장례식에서의 로제 마르탱 뒤 가르나 미테랑 장례식에서의 미셸 샤라스처럼 더욱더 사제에게 등을 돌리거나 교회문을 싫어할 것이다. 그다지 많은 위험 없이도 사람들은 이 낡아빠진 의식들을 재정착시킬 수 있고, 거기에 이등급을, 매우 상징적인 가치를 부여할 수 있다. 그리고 그렇게 가정한다면 아주 세세한 것에 이르기까지 이 의식들을 존중할 수 있다. 간단히 말해 아주 오래 전부터 **교회가 아주 잘할 수 있는 것**을 스스로 하도록 내버려두자. 그렇다. 전문가에게 맡기자!

개혁? 어쩌면 한 가지가 수줍게 암시될 것이다. 사람들이 매끈한 나무 뒤 장례식의 관 장식 아래 사라지게 될 시신, 특히 머리가 놓인 자리를 예측할 수 있기 위해서 유리나 합성 유지로 만들어진 투명한 관을 만드는 것이다. 고인의 모습이 **조금 더 보이도록**. 결국 그것은 그의 잔치이니까!

짧게 말해 장례식은 예술과 사랑의 위대한 순간일 수 있다. 이는 인간 본성의 무엇, 그 사회에서의 무엇이 볼거리로 제공되는 다른 중요한 의식들——중죄 재판 소송, 예술 학교의 콩쿠르, 하원에서 열리는 청문회, 논쟁들, 박사 학위 논문 구두 심사——과 마찬가지로 내가 장례식을, 특히 내 친구들의 장례식을 숭배하는 이유이다. 내 장례식으로 말하자면, 내가 더욱 확실하게 말할 수 있는 점은 그것이야말로 내가 참여할 마지막 장례식이 될 거라는 점이다.

부활하기

그 기쁨, 그것은 최고의 기쁨이다. 그러나 그것은 훨씬 어려운 일이다! 부활한 유명 인사 오시리스나 미트라·그리스도는 여기서 따라야 할 사례들이 아니다. 그들은 한 번만 부활했기 때문에, 말하자면 구세주라는 직업상의 요구에 의한 것이었기 때문이다. 필요한 것은 부활할 수 있음, 그리고 다시 죽어 또다시 **마음대로**, 기쁨을 위해 원하는 만큼 여러 차례 부활할 수 있는 것이다.

어떻게 해야 하는가? 저온화는 월트 디즈니에게는 유용하지만 불확실하다. 복제화? 사람들은 당신을 **반복해서** 다시 만들어 내지만 아무 기억 없이, 순수 의식을 가진 그는 당신이 아니다. 거기에 한 가지 해결책이 있다. 독자, 그것은 독서이다! 독서할 때마다 사람들은 조금이나마 작가를 부활시킨다. 특히 작가에게 독특한 톤이나 인정할 만한 목소리가 있다면, 그리고 그에게 말하고 싶거나 그를 칭찬해 주고 싶고 이의 제기로 그를 아연실색케 하고픈 때면 그렇다. 사람들이 시선을 통해 주파하는 모든 글줄, 잔글씨들은 창백한 그림자에게는 한 모금의 피, 종이로 만들어진 작은 성찬, 무덤에 난 작은 출구이다. 이렇게 변화된 삶은 이른 바 약간의 정신적이고 가상적인 것으로 축소된 삶이다. 그 러나 이미 그렇다.

내가 그와 작별하는 이 글을 독자가 읽게 될 때마다, 그 는 나를 조금 부활시킬 것이다. 고맙소.

원 주

1) 사람들은 1999년 7월 28일 *les Inrockuptibles*에서 프랜시스 도르도르가 주석을 단, 프랑스 일주 국제 사이클 대회에 참가한 경기자들의 흥분제 투여 사건에서 최근 이에 대한 저속한 설명을 발견하게 될 것이다. 보에는 "실제적인 조절이 아니라면, 흥분제 투여가 아니다"라고 요약한다. 사실 그들의 입장에 정치인들이나 농산물 가공 책임자들에게 파렴치함이 있는 것보다 더 많은 이중성이 있어 보이지는 않을 것이다. 우리가 알고 있듯이, 이들 정치인들과 농산물 가공 책임자들은 정신 분열증을 일으키는 어떤 약품만으로 우리가 행복해지기를 바란다.

2) 장 조레스, 1884년 알리앙스 프랑세즈의 일환으로 알비에서 개최된 강연회에서였다. 장 조레스, 《텍스트 선집》, 1권, 〈전쟁과 식민 정책에 반대하여〉, 마들렌 레베리우의 소개와 주석들, Paris, Éditions sociales, 《국민의 고전: *Les Classiques du peuple*》, 1959, pp.74-75.

3) Paris, POL, 1994.

4) 나와 일본을 이어 주는 우정이라는 이름을 구실삼아 한 가지만, 예를 들면 나는 일본 사업가들이 프랑스 시장에 영어 상호가 붙은 제품들을 내놓을 때마다, 더 심한 경우 미츠비시 기업이 데팡스 구역에서 그렇게 하려고 생각했던 것처럼, 파리의 도시 풍경에 자신의 모습을 새기게 될 건축물을 '저팬 타워' —— '투르 자포네즈'가 아니라—— 로 부르기를 원할 때마다, 아마 그들은 아주 적은 수의 프랑스 '결정권자들'의 동의를 얻을 수는 있을 것이나, 실제로는 그들의 언어에 매력을 느끼는 많은 프랑스인들에게 깊은 충격을 줄 위험에 처한다고 말할 것이다. 만일 프랑스의 사업가들이 일본에 진출할 제품이나 세워질 건축물에 중국 상호나 한국 상호를 붙이는 데 앞장선다면, 나는 이와 반대의 의미로 똑같이 지적할 것이다.

5) *Les Martagons*, Gallimard, 1995.

6) 마리네티와 캉지울로의 선언, *in* Giovanni Lista, 《미래파의 선언》, 로잔, 인간의 나이, 1973, pp.279-280.

7) 장 폴 사르트르, 《존재와 무》, Paris, Gallimard, 1943, p.145('Tel'

총서에서는 p.140).

8) 니콜라 그리말디, 《시간의 존재론》·《기다림과 결렬》, Paris, PUF. 1993, p.195.

9) 앙리 베르그송, 《웃음-희극적인 것의 작용에 대한 에세이 Le Rire- Essai sur la signification du comique》, Paris, Alcan, 1900, p.75.

10) 앙투안 오귀스탱 쿠르노, 《물질주의, 생기론, 합리주의 Matériali- sme, vitalisme, rationalisme》(1875), Paris, Hachette, 1923, p.219 sq.

11) 앙리 베르그송, 《모럴과 종교의 두 원천 Les Deux Sources de la morale et de la religion》, Paris, Alcan, 1932, p.55.

12) 각각 루이 스쿠트네르의 《내 기록들 I 1943-44》, Paris, Gallimard, 1945와 《내 기억들 II 1945-63》, 브뤼셀, Isy Brachot et Tom Gutt, 1976, 그리고 《내 기록들 III 1964-73》, Bruxelles, Brassa, 1981에서 인용된 것 들로 이는 라울 베네젬의 《루이 스쿠트네르》, Paris, Seghers, coll. '오늘 의 시인들,' 1991, pp.101-123에 재인용되었다.

13) 장 지로두, 《문학 Littérature》(1941), Paris, Gallimard, coll. 'Idées,' 1967, p.21. 강조 표시는 내가 한 것이다.

14) 도미니크 노게의 《유머의 무지개 자리, 다다, 비앙 등》, 에세이, Paris, Hatier, coll. '짧은 작품들,' 1996이다. 이는 Livre de poche essais 로 재출간될 예정이다.

15) 중국에 그 기원을 둔다는 특징의 일본어로서이다. 일본에는 수천 개의 다른 글자들이 있다.

16) 《시시포스의 주석》: 내가 이 글을 쓰던 때, 나는 한 조간 신문에 서 베니스 비엔날레를 찾은 한 폴란드의 여자 예술가가 그녀가 가짜 페니스와 함께 찍힌 비디오 때문에 자기 나라에서 스캔들을 일으켰다 는 사실을 읽었다. 자크 앙릭의 책 표지에 복사된 《쿠르베의 세계의 기 원 L'Origine du monde》에 대한 사건도 있었다. 그리고 그외 다른 사 건들도 많다. 글로 씌어진 설명이 아니라 조형적 재현이 문제임은 사실 이다. 그러나 잘 찾아보면……, 그러므로 《O의 이야기 Histoire d'O》의 서문 집필자가 말하게 될 것처럼, 내가 아무것도 말하지 않았다고 치자.

17) 이는 앞의 것과 마찬가지로 피에르 자넹의 《고등사범학교에서의 두 세기》, 그랑제콜의 소사(小史), 클로드 아제주 서문, 파리, 라루스, 1994, pp.194-195와 96-97의 글을 그대로 썼다.

18) 앞의 〈내가 반복적 활력이라고 생각하는 것〉을 보라.

19) 샤를 르 베리에가 《실증철학 강의 *Cours de philosophie positive*》 1권(Paris, Garnier, 1949)에서 쓴 '오귀스트 콩트의 삶' (s.d., 아마 1900년 무렵일 것이다), 혹은 또 다른 성의 파장에 대해서는, 《내가 미쳤을 때 *Quand je suis devenu fou*》(Fayard, 1997)에서 그가 말하는 것처럼 암스테르담의 남창, 크리스토프 도네와 닉이 있다.

저자의 저서들

《2000년의 멋쟁이들》('콜렉티프 지브르(Collectif Givre)' 라는 가명), 알리에, 1977.

M&R, 장편 소설, 로베르 라퐁, 1981, 수정, 확대된 두번째 판, 뒤 로셰출판사, 1999.

《정맥끊기와 또 다른 소일거리들 Ouverture des veines et autres distractions》, 로베르 라퐁, 1982.

《희망의 복귀 Le Retour de l'espérance》, 르 탕 킬페, 1987.

《전쟁에 대한 풍자시들(소개, 선정과 번역)》, 라 디페랑스, 1989.

《두 과부 Les Deux Veuves》, 이야기, 라 디페랑스, 1990.

《문학을 위한 무덤 Tombeau pour la littérature》, 에세이, 라 디페랑스, 1991.

《감미로운 식민지화 La Colonisation douce》, 일지, 뒤 로셰출판사, 1991, 상당히 확장된 두번째 판, 아를레아-포슈, 1993.

《최후의 날들 Les Derniers Jours du monde》, 장편 소설, 로베르 라퐁, 1991.

《세비야에서 찍었다고 생각되는 서른여섯 장의 사진들 Les Trente-Six Photos que je croyais avoir prises à Séville》, 이야기, 모리스 나도, 1993.

《신중한 정책을 위한 호의적이고도 단호한 몇 가지 제안 Aimables quoique fermes propositions pour une politique modeste》, 뒤 로셰, 1991.

《프랑스에서의 마지막 여행 Derniers Voyages en France》, 기록과 매개물, 샹 발롱, 1994.

《마르타공 사람들 Les Martagons》, 장편 소설, 갈리마르, '무한' 선집, 1995년 로제 니미에 상 수상작.

《유머에 대한 희망——자리, 다다, 비앙 등 L'Arc-en-ciel des humours Jarry, Dada, Vian etc》, 에세이, 아티에, 1996.

《교토에서 난 아무것도 보지 못했다——일본에 대한 기록들(1983-

1996) *Je n'ai rien vu à Kyoto-Notes japonaises(1983-1996)*》, 뒤 로셰,
1997.

《검은 사랑 *Amour noir*》, 장편 소설, 갈리마르, '무한' 선집, 1997년
페미나 상 수상(폴리오 번호 3262, 1999).

《크리스마스 선물 *Cadeaux de Noël*》, 일화들과 잠언들, 데생과 콜라
주, 줄마, 1998, 1999년 블랙 유머 대상.

《사랑에 대한 사전 *Dictionnaire de l'amour*》이 이어지는 《부도덕성
Immoralités》, 갈리마르, '무한' 총서, 1999.

《1968년의 기록 *Ecrit en 1968*》, 조카 세리아, 1999.

다소 학술적인 연구서:

《세 명의 랭보 *Les Trois Rimbaud*》, 미뉘출판사, 1986.

《다다주의 레닌 *Lénine dada*》, 로베르 라퐁, 1989.

《우산의 기호론과 다른 텍스트들 *Sémiologie du parapluie et autres
textes*》, 라 디페랑스, 1990.

영화에 대한 저서:

《퀘백 영화에 대한 에세이 *Essais sur le cinéma québécois*》, 몬트리
올, 뒤 주르출판사, 1970.

《영화, 일명, 1977 *Le Cinéma, autrement, 1977*》, 두번째 판, 뒤 세르
프출판사, 1987.

《실험 영화에 대한 찬사 *Eloge du cinéma expérimental*》, 퐁피두 센
터, 1970. 상당히 확대된 두번째 판, 파리 엑스페리망탈, 1999.

《30년간의 프랑스 실험 영화(1950-1980) *Tente ans de cinéma expé-
rimental en France(1950-1980)*》, A. R. C. E. F., 1982.

《마르그리트 뒤라스와의 대담(1983) *Entretiens avec Marguerite Du-
ras(1983)*》, 출판물과 비디오, 파리, 외교부, 문화추진사무소, 1984.

《영화의 르네상스——미국 '언더 그라운드' 영화 *Une renaissance
du cinéma——Le Cinéma underground' américain*》, 메리디엥-클링시
크, 1985.

《요나스 메카스의 영화——일지(1959-71)》(서문과 번역, Ciné-Journal
(1959-71)), 파리 엑스페리망탈, 1992.

《영화가 우리로 하여금 욕망을 일으키게 하는 것 ——라 노트와 보낸 하룻밤 *Ce que le cinéma nous donne à désirer* ——*Une nuit avec La Notte*》, 리에주, 옐로우 나우, 1995.

이은민
서강대학교 불어불문과 졸업
서강대 불어불문과 대학원 졸업
역서: 《이미지의 폭력》《동양과 서양 사이》
《무관심의 절정》《하나이지 않은 성》
《청소년을 위한 이야기 경제학》

현대신서
89

삶의 기쁨들

초판발행 : 2001년 6월 10일

지은이 : 도미니크 노게
옮긴이 : 이은민
펴낸이 : 辛成大
펴낸곳 : 東文選
제10-64호, 78. 12. 16 등록
110-300 서울 종로구 관훈동 74
전화 : 737-2795
팩스 : 723-4518

편집설계: 李尙恩

ISBN 89-8038-192-1 04860
ISBN 89-8038-050-X (현대신서)

【東文選 現代新書】

1 21세기를 위한 새로운 엘리트	FORESEEN 연구소 / 김경현	7,000원
2 의지, 의무, 자유 — 주제별 논술	L. 밀러 / 이대희	6,000원
3 사유의 패배	A. 핑켈크로트 / 주태환	7,000원
4 문학이론	J. 컬러 / 이은경·임옥희	7,000원
5 불교란 무엇인가	D. 키언 / 고길환	6,000원
6 유대교란 무엇인가	N. 솔로몬 / 최창모	6,000원
7 20세기 프랑스철학	E. 매슈스 / 김종갑	8,000원
8 강의에 대한 강의	P. 부르디외 / 현택수	6,000원
9 텔레비전에 대하여	P. 부르디외 / 현택수	7,000원
10 고고학이란 무엇인가	P. 반 / 박범수	근간
11 우리는 무엇을 아는가	T. 나겔 / 오영미	5,000원
12 에쁘롱 — 니체의 문체들	J. 데리다 / 김다은	7,000원
13 히스테리 사례분석	S. 프로이트 / 태혜숙	7,000원
14 사랑의 지혜	A. 핑켈크로트 / 권유현	6,000원
15 일반미학	R. 카이유와 / 이경자	6,000원
16 본다는 것의 의미	J. 버거 / 박범수	10,000원
17 일본영화사	M. 테시에 / 최은미	7,000원
18 청소년을 위한 철학교실	A. 자카르 / 장혜영	7,000원
19 미술사학 입문	M. 포인턴 / 박범수	8,000원
20 클래식	M. 비어드·J. 헨더슨 / 박범수	6,000원
21 정치란 무엇인가	K. 미노그 / 이정철	6,000원
22 이미지의 폭력	O. 몽젱 / 이은민	8,000원
23 청소년을 위한 경제학교실	J. C. 드루엥 / 조은미	6,000원
24 순진함의 유혹(메디시스賞 수상작)	P. 브뤼크네르 / 김웅권	9,000원
25 청소년을 위한 이야기 경제학	A. 푸르상 / 이은민	8,000원
26 부르디외 사회학 입문	P. 보네위츠 / 문경자	7,000원
27 돈은 하늘에서 떨어지지 않는다	K. 아른트 / 유영미	6,000원
28 상상력의 세계사	R. 보이아 / 김웅권	9,000원
29 지식을 교환하는 새로운 기술	A. 벵토릴라 外 / 김혜경	6,000원
30 니체 읽기	R. 비어즈워스 / 김웅권	6,000원
31 노동, 교환, 기술 — 주제별 논술	B. 데코사 / 신은영	6,000원
32 미국만들기	R. 로티 / 임옥희	근간
33 연극의 이해	A. 쿠프리 / 장혜영	8,000원
34 라틴문학의 이해	J. 가야르 / 김교신	8,000원
35 여성적 가치의 선택	FORESEEN연구소 / 문신원	7,000원
36 동양과 서양 사이	L. 이리가라이 / 이은민	7,000원
37 영화와 문학	R. 리처드슨 / 이형식	8,000원
38 분류하기의 유혹 — 생각하기와 조직하기	G. 비뇨 / 임기대	7,000원
39 사실주의 문학의 이해	G. 라루 / 조성애	8,000원
40 윤리학 — 악에 대한 의식에 관하여	A. 바디우 / 이종영	근간
41 武士道란 무엇인가	新渡戸稲造 / 심우성	근간

157 무지카 프라티카	M. 캐넌 / 김혜중	25,000원
158 불교산책	鄭泰爀	20,000원
159 인간과 죽음	E. 모랭 / 김명숙	23,000원
160 地中海(전5권)	F. 브로델 / 李宗旼	근간
161 漢語文字學史	黃德實·陳秉新 / 河永三	24,000원
162 글쓰기와 차이	J. 데리다 / 남수인	28,000원
163 朝鮮神事誌	李能和 / 李在崑	근간
164 영국제국주의	S. C. 스미스 / 이태숙·김종원	16,000원
165 영화서술학	A. 고드로·F. 조스트 / 송지연	17,000원
166 미학사전	사사키 겐이치 / 민주식	근간
167 하나이지 않은 성	L. 이리가라이 / 이은민	18,000원
168 中國歷代書論	郭魯鳳 譯註	25,000원
169 요가수트라	鄭泰爀	15,000원
170 비정상인들	M. 푸코 / 박정자	25,000원
171 미친 진실	J. 크리스테바 / 서민원	근간
172 디스탱숑(상·하)	P. 부르디외 / 이종민	근간
173 세계의 비참(전3권)	P. 부르디외 外 / 김주경	각권 26,000원
174 수묵의 사상과 역사	崔炳植	근간
175 파스칼적 명상	P. 부르디외 / 김웅권	근간
176 지방의 계몽주의(전2권)	D. 로슈 / 주명철	근간
177 이혼의 역사	R. 필립스 / 박범수	근간
178 사랑의 단상	R. 바르트 / 김희영	근간
179 中國書藝理論體系	熊秉明 / 郭魯鳳	근간
180 미술시장과 경영	崔炳植	16,000원
181 카프카 — 소수적인 문학을 위하여	G. 들뢰즈·F. 가타리 / 이진경	근간
182 이미지의 힘 — 영상과 섹슈얼리티	A. 쿤 / 이형식	근간
183 공간의 시학	G. 바슐라르 / 곽광수	근간
184 랑데부 — 이미지와의 만남	J. 버거 / 임옥희·이은경	근간

【기 타】

▨ 현대의 신화	R. 바르트 / 이화여대기호학연구소	15,000원
▨ 모드의 체계	R. 바르트 / 이화여대기호학연구소	18,000원
▨ 텍스트의 즐거움	R. 바르트 / 김희영	15,000원
▨ 라신에 관하여	R. 바르트 / 남수인	10,000원
▨ 說 苑 (上·下)	林東錫 譯註	각권 30,000원
▨ 晏子春秋	林東錫 譯註	30,000원
▨ 西京雜記	林東錫 譯註	20,000원
▨ 搜神記 (上·下)	林東錫 譯註	각권 30,000원
■ 경제적 공포〔메디시스賞 수상작〕	V. 포레스테 / 김주경	7,000원
■ 古陶文字徵	高 明·葛英會	20,000원
■ 古文字類編	高 明	절판
■ 金文編	容 庚	36,000원

■ 딸에게 들려 주는 작은 지혜	N. 레흐레이트너 / 양영란	6,500원
■ 딸에게 들려 주는 작은 철학	R. 시몬 셰퍼 / 안상원	7,000원
■ 미래를 원한다	J. D. 로스네 / 문 선·김덕희	8,500원
■ 산이 높으면 마땅히 우러러볼 일이다	유 향 / 임동석	5,000원
■ 서기 1000년과 서기 2000년 그 두려움의 흔적들	J. 뒤비 / 양영란	8,000원
■ 선종이야기	홍 희 편저	8,000원
■ 섬으로 흐르는 역사	김영희	10,000원
■ 세계사상	창간호~3호: 각권 10,000원 / 4호:	14,000원
■ 십이속상도안집	편집부	8,000원
■ 어린이 수묵화의 첫걸음(전6권)	趙 陽	42,000원
■ 오늘 다 못다한 말은	이외수 편	6,000원
■ 오블라디 오블라다, 인생은 브래지어 위를 흐른다	무라카미 하루키 / 김난주	7,000원
■ 잠수복과 나비	J. D. 보비 / 양영란	6,000원
■ 천연기념물이 된 바보	최병식	7,800원
■ 原本 武藝圖譜通志	正祖 命撰	60,000원
■ 隷字編	洪鈞陶	40,000원
■ 테오의 여행 (전5권)	C. 클레망 / 양영란	각권 6,000원
■ 한글 설원 (상·중·하)	임동석 옮김	각권 7,000원
■ 한글 안자춘추	임동석 옮김	8,000원
■ 한글 수신기 (상·하)	임동석 옮김	각권 8,000원

【조병화 작품집】

■ 공존의 이유	제11시점	5,000원
■ 그리운 사람이 있다는 것은	제45시집	5,000원
■ 길	애송시모음집	10,000원
■ 개구리의 명상	제40시집	3,000원
■ 꿈	고희기념자선시집	10,000원
■ 따뜻한 슬픔	제49시집	5,000원
■ 버리고 싶은 유산	제 1시집	3,000원
■ 사랑의 노숙	애송시집	4,000원
■ 사랑의 여백	애송시화집	5,000원
■ 사랑이 가기 전에	제 5시집	4,000원
■ 시와 그림	애장본시화집	30,000원
■ 아내의 방	제44시집	4,000원
■ 잠 잃은 밤에	제39시집	3,400원
■ 패각의 침실	제 3시집	3,000원
■ 하루만의 위안	제 2시집	3,000원

【이외수 작품집】

■ 겨울나기	창작소설	7,000원
■ 그대에게 던지는 사랑의 그물	에세이	7,000원
■ 꿈꾸는 식물	장편소설	6,000원

무관심의 절정

장 보드리야르

이은민 옮김

현재 프랑스를 대표하는 철학자 중의 한 사람인 장 보드리야르와 철학 박사이자 기자인 필리프 프티와의 대담.

차이를 경험하는 모든 것은 무관심에 의해 사라질 것이다. 가치를 경험하는 모든 것은 등가성에 의해 소멸될 것이다. 의미를 경험하는 모든 것은 무의미에 의해 죽어 갈 것이다. 그리고 우리가 마지못해 모든 것을 비축하고, 모든 것을 기록하며, 모든 것을 보존하는 이유는 우리가 더이상 무엇이 참이고 무엇이 거짓인지를 모르기 때문에, 무엇이 옳고 무엇이 그른지 모르기 때문에, 무엇이 가치있고 무엇이 무가치한지를 모르기 때문이다.

우리는 가치들의 변화를 변모와 교체했고, 가치들의 상호적 변모에 가치들 서로에 대한 무관심과 혼돈, 어떤 점에서는 이 가치들의 변이적 가치 하락과 교체했다. 가장 나쁜 것이 이 모든 가치들을 재평가하는, 그리고 이 가치들의 무관심한 변환을 재평가하는 현대의 상황이다. 가치들의 감염을 유발하는 지나친 기능성에 의한 유용성과 무용성의 구분 자체는 더 이상 제기될 수 없다——이것이 용도라는 가치의 종말이다. 진실은 진실보다 더한 진실 속에서, 진실한 것이 되기에는 너무나 지나친 진실 속에서 소멸된다——이것이 위장의 지배이다. 거짓은 거짓이 되기에는 너무나 지나친 거짓 속에 흡수된다——이것이 미학적 환상의 종말이다. 그리고 악의 파괴는 선의 파괴보다 훨씬 고통스럽고, 거짓의 파괴는 진실의 파괴보다 훨씬 더 고통스럽다.

프랑스 [메디치賞] 수상

경제적 공포

경제적 공포

노동의 소멸과 잉여 존재

비비안느 포레스테
VIVIANE FORRESTER

동문선

비비안느 포레스테[지음]
김주경[옮김]

동문선

"우리의 일자리를 가로채 놓고, 그것도 모자라 부끄러운 줄도 모르고 감히 임금 인상까지 요구하다니 ! "

아직 일자리를 갖고 있는 사람, 비록 봉급은 얼마 안 되지만 그래도 실직당하지 않고 일하러 다니는 사람을 보면, 〈제거된 지방질〉은 그를 일종의 특혜자로 여긴다. 남의 이익을 가로챈 자가 바로 그 자라고 여기는 것이다. 진짜 특권자들이 한껏 누리고 있는 특혜는 단 한번도 문제삼아 본 일이 없으면서 !

피도 눈물도 없이 냉정하게 퍼져가고 있는 불안감 속에서 떨고 있는 자들 중, 극히 미미한 숫자의 사람들만이 싸구려 일감을 차지하는 혜택을 입게 될 것이다. 그렇다고 해서 그들이 빈곤으로부터 벗어날 수 있는 것은 아니다. 그리고 그외의 사람들은 여전히 모욕감과 박탈감, 그리고 위기감을 동반하는 불안감에 떨고 있게 된다. 어떤 삶은 그 불안감 때문에 단축되기도 할 것이다.

- 착취당할 기회조차 없는 〈쓸모없는 잉여존재〉들.
- 노동의 부재는 神이 내린 은총?
- 〈살아갈 권리〉를 갖기 위해서는 〈살아남을 자격〉이 필요한가?
- 〈추방된 자〉에서 〈배제된 자〉로, 그리고 〈제거된 자〉로.
- 수익성을 올리는 데 이용할 가치가 없는 자들의 삶이 과연 우리 사회에 〈유용〉할까?
- 〈착취〉〈투쟁〉〈계층〉…. 아직도 이런 촌스러운 어휘를 사용하고 있다니 !
- 해결책이 없을 수도 있다.
- 신조어 〈고용될 수 있는 능력〉, 〈그럴 듯한 보장〉의 허구성.
- 머지않아 다시 흡수할 것이라고 한없이 되풀이되는 헛된 약속을 믿고 싶어하는 이유.

東文選 現代新書 14

사랑의 지혜

알랭 핑켈크로트
권유현 옮김

수많은 말들 중에서 주는 행위와 받는 행위, 자비와 탐욕, 자선과 소유욕을 동시에 의미하는 낱말이 하나 있다. 사랑이라는 말이다. 그러나 누가 아직도 무사무욕을 믿고 있는가? 누가 무상의 행위를 진짜로 존재한다고 생각하는가? '근대'의 동이 터오면서부터 도덕을 논하는 모든 계파들은 어느것을 막론하고 무상은 탐욕에서, 또 숭고한 행위는 획득하고 싶은 욕망에서 유래한다는 설명을 하고 있다.

이 책에서 묘사하는 사랑의 이야기는 타자와 나 사이의 불공평에서 출발한다. 즉 사랑이란 타자가 언제나 나보다 우위에 놓이는 것이며, 끊임없이 나에게서 도망가는 타자로부터 나는 도망가지 못하는 것이다. 그리고 사랑의 지혜란 이 알 수 없고 환원되지 않는 타자의 얼굴에 다가가기 위해 애쓰는 것이다. 저자는 이 책에서 남녀간의 사랑의 감정에서 출발하여 타자의 존재론적인 문제로, 이어서 근대사의 비극으로 그의 철학적 성찰을 이끌어 가기 때문이다. 그러나 우리가 이웃에 대한 사랑을 이상적인 영역으로 내쫓는다고 해서, 현실을 더 잘 생각한다는 법은 없다. 오히려 우리는 타인과의 원초적 관계를 이해하기 위해서, 또 그것에서 출발하여 사랑의 감정뿐 아니라 다른 사람에 대한 미움의 감정까지도 이해하기 위해서, 유행에 뒤진 이 개념, 소유의 이야기와는 또 다른 이야기를 필요로 할 수 있다.

알랭 핑켈크로트는 엠마뉴엘 레비나스의 작품에 영향을 받아서 근대가 겪은 엄청난 집단 체험과 각 개인이 살아가면서 맺는 '타자'와의 관계에 대해서 계속해서 질문을 던진다. 이것은 철학임에 틀림없다. 그렇기는 하지만 구체적인 인물에 의해 이야기로 꾸민 철학이다. 이 책은 인간에 대한 인식의 수단으로 플로베르・제임스, 특히 프루스트를 다루며, 이들의 현존하는 문학작품에 의해 철학을 이야기로 꾸며 나간다.

東文選 現代新書 51

나만의 자유를 찾아서

샹탈 토마스

문신원 옮김

사랑의 기술과 내일을 생각지 않고 살아가는 기술을 연구하던 그 긴 세월 동안 내가 할 수 있었던 유일한 것은 여행이었다. 여행할 곳이 너무 광대해서 한평생이라는 시간도 모자랄지 모르는 활동. 권태의 위험도, 적도 전혀 없는 세계! 볼 것이 이렇게 많은데 왜 직업을 얻으려 근심하는가, 왜 자신의 감옥을 짓는가? 미래를 다스리기 위해서 무기를 연마한다는 핑계로 미래를 오히려 저지하는 그 고집을 난 이해하지 못했다. 내가 보기에는 떠나기만 하면 충분한 것 같았다……

현대인들은 누구나 자신이 자유롭다고 느끼지만, 실은 자유롭지 않다는 사실을 잘 알고 있다. 프랑스에서 상당한 독자층을 확보하고 있는 에세이스트이자 여행가인 저자는, 빡빡한 일정 속에 바쁘게 살아가다가 문득 현기증을 느끼는 독자들을 영원한 해변의 어느 시간 속으로 안내한다. 여행 · 독서 · 사색 · 독신 · 연인 · 권태 · 자살 · 휴식 · 모험 등, 혼자만의 진정한 자유를 위해선 필연적으로 부딪히게 되는 것들에 대한 진지한 이야기들과 함께 우리의 삶을 되돌아보게 한다.

우리가 우리 자신을 재창조할 때만이 사람들이, 풍경들이, 사상들이 우리에게 중요해진다고 설득하는 그녀는 부질없는 욕망들에 마음이 좀먹은 현대인들에게 여백을 살고, 신기루를 기록하고, 자신의 고독을 찬미하는 방법들을 제안하고 있다. 그리하여 대단히 유쾌한 되찾은 시간의 매력과 자신을 위한 시간의 비밀을 만드는, 독서를 통한 그러한 무수한 활동들이 형상화시키는 것을 삶 전체에 확장시켜 볼 것을 제안한다. 백포도주 같은 깔끔한 문체로 오랜만에 국내 고급독자들에게 프랑스 산문의 진수를 맛보게 한다.

東文選 現代新書 9

텔레비전에 대하여

피에르 부르디외

현택수 옮김

텔레비전으로 방송된 이 두 개의 콜레주 드 프랑스에서의 강의는 명쾌하고 종합적인 형태로 텔레비전 분석을 소개하고 있다. 첫 번째 강의는 텔레비전이라는 작은 화면에 가해지는 보이지 않는 검열의 메커니즘을 보여 주고, 텔레비전의 영상과 담론의 인위적 구조를 만드는 비밀들을 보여 주고 있다. 두번째 강의는 저널리즘계의 영상과 담론을 지배하고 있는 텔레비전이 어떻게 서로 다른 영역인 예술·문학·철학·정치·과학의 기능을 깊게 변화시키는지를 설명하고 있다. 이러한 현상은 시청률의 논리를 도입하여 상업성과 대중 선동적 여론의 요구에 복종한 결과이다.

이 책은 프랑스에서 출판되자마자 논쟁거리가 되면서, 1년도 채 안 되어 10만 부 이상 팔려 나가 베스트셀러 리스트에 오르고, 세계 각국에서 번역되어 읽혀지고 있는 피에르 부르디외의 최근 대표작 중 하나이다. 인문사회과학 서적으로서 보기 드문 이같은 성공은, 프랑스 및 세계 주요국의 지적 풍토를 말해 주고 있다. 이처럼 이 책이 독자 대중의 폭발적인 반응과 기자 및 지식인들의 지속적인 반향을 불러일으키는 이유는, 세계적으로 잘 알려진 그의 학자적·사회적 명성 때문이기도 하지만 무엇보다도 언론계 기자·지식인·교양 대중들 모두가 관심을 가질 만한 논쟁적인 내용을 담고 있기 때문이다.